을 유 세 계 문 학 전 집 · 111

아주 편안한 죽음

아주 편안한 죽음

UNE MORT TRÈS DOUCE

시몬 드 보부아르 지음 · 강초롱 옮김

을유문화사

옮긴이 강초롱

서울대학교 불어불문학과와 동 대학원을 졸업했다. 2010년 파리 7대학에서 「시몬 드 보부아르의 자서전 담론」으로 불문학박사 학위를 받았고 현재 서울대학교 불어불문학과 교수로 재직 중이다. 논문으로는 「'진실'들'을 드러내는 은밀한 목소리: 『초대받은 여자』의 주변인물 연구」, 「어머니를 위한 애도의 두 가지 전략: 보부아르의 『아주 편안한 죽음』과 에르노의 『한 여자』 비교」, 「자유와 상황의 충돌의 재현: 『레 망다랭』의 다성화 전략」 등이 있다.

을유세계문학전집 111
아주 편안한 죽음

발행일·2021년 4월 10일 초판 1쇄 │ 2023년 2월 5일 초판 6쇄
지은이·시몬 드 보부아르│옮긴이·강초롱
펴낸이·정무영, 정상준│펴낸곳·(주)을유문화사
창립일·1945년 12월 1일│주소·서울시 마포구 서교동 469-48
전화·02-733-8153│FAX·02-732-9154│홈페이지·www.eulyoo.co.kr
ISBN 978-89-324-0504-9 04860 978-89-324-0330-4(세트)

차례

나의 동생에게

순순히 작별을 고하지 마시게

하루의 끝자락에서 노년은 격렬하게 타올라야 하느니

격노하라, 빛의 소멸에 맞서 격노하라…….

– 딜런 토머스

I

1963년 10월 24일 목요일 오후 4시에 나는 로마에 있는 미네르바 호텔 방에 있었다. 다음 날 비행기로 집에 돌아갈 예정이라 서류를 정리하고 있던 그때 전화벨이 울렸다. 파리에서 걸려온 보스트의 전화였다.

"어머니께서 사고를 당하셨어요."

자동차에 치인 것이라고 생각했다. 지팡이를 짚고 힘겹게 차도에서 인도 위로 올라서는 엄마를 자동차가 친 적이 있었다.

"욕실에서 넘어지시는 바람에 대퇴골 경부가 부러졌대요."

보스트가 말했다. 그는 엄마와 같은 건물에 살고 있었다. 전날 밤 10시경 올가와 함께 계단을 오르다가 어떤 부인과 경관 두 명, 이렇게 세 사람이 앞서 올라가는 걸 보았다고 했다.

"3층 층계참이에요"라고 그 부인이 말했다고 했다. '보부아르 부인에게 무슨 일이 생겼나?'라고 생각했단다. 실제로 그랬다. 넘어져 다친 것이다. 전화기에 가닿기까지 엄마는 두 시간이나 바닥을 기었다고 한다. 그러고 나서는 친구인 타르디외 부인에게 전화를 걸어 현관문을 부숴 달라 하라고 부탁했다는 것이다. 보스트와 올가는 앞서 가던 세 명을 따라 엄마 집으로 갔다. 거기서 그들은 줄무늬가 있는 붉은색 벨벳 재질의 목욕 가운을 입은 엄마가 바닥에 쓰러져 있는 걸 보았다고 했다. 같은 건물에 사는 의사 라크루아 씨는 대퇴골 경부 골절이라는 진단을 내렸다. 부시코 병원 응급실로 실려 간 엄마는 대기실에서 밤을 보냈다. 보스트가 말했다.

"그런데 C병원으로 어머니를 옮기려고 해요. 최고의 정형외과 의사 중 하나인 B교수가 집도의로 있는 병원이거든요. 어머니께서는 반대하셨어요. 비용 면에서 선생님께 너무 큰 부담을 안겨 드릴까 봐 걱정하신 거죠. 하지만 결국 제가 어머니를 설득했습니다."

불쌍한 엄마! 내가 모스크바에서 돌아와 같이 점심 식사를 한 게 5주 전이었다. 그때도 엄마의 안색은 여느 때처럼 형편없었다. 얼마 전까지만 해도 자기 나이처럼 보이지 않는다며 기분 좋아했는데, 이제는 그 누구도 엄마 나이에 대해 오해하지는 않겠구나 싶었다. 무척이나 쇠약해져 버린 일흔일곱 살 먹은 여자로 보였으니 말이다. 전쟁이 끝난 뒤 발병한 허리 관절염은 엑스레뱅에서 온천 치료와 안마 치료를 받았는데도 불구하고 해가 지날수록 악화됐다. 동네 한 블록을 도는 데도 한 시간이나 걸렸다. 매일 아스피린을 여섯 알씩 먹는데도 엄마는 아파했고 잠을 잘 자지 못했다. 2~3년 전, 특히 작년 겨울부터는 눈가가 항상 푸르스름해져 있었고 코는 뾰족해지고 볼은 홀쭉해져 있었다. 엄마의 주치의인 D박사는 간 기능에 문제가 있거나 장 기능이 저하된 것일 뿐 심각한 건 아니라고 했다. 그는 몇 가지 약과 타마린 열매로 만든 변비에 좋은 잼을 처방해 주었다. 그 당시에 나는 엄마의 몸 상태가 좋지 않다는 점에 놀라지는 않았다. 반면 엄마가 힘겨운 여름을 보냈다는 점에 있어서는 안타깝게 생각했다. 엄마는 호텔 또는 하숙인을 받는 수도원에서 피서를 즐길 수도 있었지만 그렇게 하지 않았다. 매년 그래 왔듯이 나의 사촌 잔이 메리냑으로 초대하거나 샤라슈베르그에임에 살고 있는 내 동생이 그곳에 와서 함께 지내자고 제안해 오리라 기대했기 때문이다. 하지만 두 사람 모두에게 그럴 수 없는 사정이 생기고 말았다. 그래서 엄마는 썰렁하고 비까지 내리는 파리에 남아 있을 수밖에 없었다.

"결코 우울해하는 법이 없던 나도 그때만큼은 기분이 가라앉더구나."

엄마는 내게 이렇게 말했다. 다행스럽게도 내가 엄마를 만난 지 얼마 되지 않아서 동생이 2주간의 알자스 방문을 엄마에게 제안했다. 또한 이제는 엄마의 친구들이 피서지에서 돌아와 있었고 나 역시 파리로 돌아온 터라, 골절 사고만 없었더라도 엄마가 기운을 되찾는 걸 볼 수 있었을 것이다. 엄마의 심장은 아주 양호한 상태였고 혈압 역시 젊은 여자처럼 정상이었다. 그래서 나는 엄마가 그렇게 갑자기 사고를 당하게 되리라곤 생각하지도 못했다.

6시경, 병원에 있는 엄마에게 전화를 걸었다. 로마에서 돌아왔으니 찾아뵙겠다고 했다. 희미한 목소리로 엄마가 대답했다. B교수가 전화를 건네받고는 토요일 아침에 수술을 할 예정이라고 말했다.

　"두 달 동안 편지 한 통 보내지 않고 나를 방치하다니!"

　내가 침대로 다가가자 엄마가 이렇게 말했다. 나는 우리가 만난 적이 있고, 또 로마에서 편지를 보낸 적도 있다고 반박했다. 엄마는 믿을 수 없다는 얼굴을 하고서 내 말을 들었다. 엄마의 이마와 손이 타는 듯 뜨거웠다. 조금 비뚤어진 입 때문에 엄마는 말하기 힘들어했고 정신이 몽롱한 듯 보였다. '사고로 충격을 받으신 건가? 아니면 반대로 발작을 일으키는 바람에 넘어지신 걸까?' 엄마는 언제나 경련을 일으키곤 했다(아니다, 항상은 아니다. 그렇지만 오래전부터 그랬던 것은 맞다. 그런데 언제부터 그랬던 것일까?). 엄마는 눈을 가늘게 뜨고 눈썹을 치켜올려 이마에 주름을 만들었다. 내가 병실에 머무는 동안 내내 엄마는 계속해서 이렇게 움찔거렸다. 엄마가 다시 눈을 감자 매끈하고 볼록한 눈꺼풀이 눈동자를 완전히 뒤덮었다. B교수의 조수격인 J박사가 들러 수술할 필요까지는 없고, 대퇴부가 탈구된 것은 아니므로 석 달쯤 요양하면 다시 붙게 될 거라고 말했다. 엄마는 안심한 듯 보였다. 그러고 나서는 전화기 쪽으로 다가가기 위해 고군분투했던 과정, 그때 느꼈던 불안함, 그리고 보스트와 올가가 보여 준 친절함에 대해 두서없이 늘어놓았다. 당시 엄마는 목욕 가운을 입은 채로 짐을 챙길 겨를도 없이 부시코 병원으로 실려 왔다. 그래서 올가가 그다음 날 세면도구와 화장수, 흰 털로 만든 예쁜 덧옷을 가져다주었다. 엄마가 고맙다고 하자 올가는 "뭘요, 사람 사이의 정이란 게 이런 거죠"라고 대답했다고 한다. 엄마는 꿈을 꾸듯 감동에 젖은 얼굴로 여러 번 되풀이해서 이렇게 말했다.

"그 애가 사람 사이의 정이라고 하더구나."

그날 저녁 올가가 내게 말했다.

"어머니께서 폐를 끼치게 되어 마음이 불편하신가 봐요. 당신을 돌봐 준 사람들에게 무척 고마워하고 계시기도 하고요. 가슴이 아프신 거죠."

엄마의 주치의인 D박사에 대해서는 화를 내며 말했다. 라크루아 박사를 부른 것에 기분이 상한 그가 목요일에 부시코 병원으로 엄마를 만나러 와 주면 안 되겠느냐는 그 애의 부탁을 거절했기 때문이다. 올가가 말했다.

"20분 동안이나 전화기를 붙들고 부탁했어요. 충격을 받은 상태에서 병원에서 밤을 보내신 직후라 어머니께서는 주치의에게서 위로를 받고 싶으셨을 거예요. 그런데 그 사람은 아무것도 알고 싶어 하지 않더라고요."

보스트는 엄마가 발작을 일으킨 거라고 생각하지 않는 듯했다. 왜냐하면 사고 당시 그가 엄마를 일으켜 드렸을 때, 조금 넋이 나간 듯 보이긴 했지만 정신은 맑아 보였기 때문이다. 하지만 보스트는 엄마가 석 달 만에 회복하기는 힘들 거라고 보았다. 대퇴부 경부 골절이 심각해서가 아니라 움직일 수 없는 상태로 오래 있게 되면 욕창이 생기기 마련인데, 노인들은 욕창이 잘 낫지 않는 경우가 대부분이기 때문이었다. 누워 있는 자세가 폐에 무리를 주는 바람에 환자가 폐렴에 걸려 목숨을 잃을 수 있다는 것 역시 문제였다. 나는 그다지 걱정하지 않았다. 비록 쇠약해지긴 했지만 어머니는 강인한 사람이었다. 그리고 어쨌든 돌아가실 만큼 연세를 잡순 것도 사실이었다.

나는 보스트에게서 연락을 받은 동생과 전화로 길게 대화를 나눴다.

"그럴 줄 알았어."

동생은 이렇게 말했다. 알자스에서 같이 있었을 때 엄마가 너무나 늙고 쇠약해졌다고 생각한 나머지 "엄마가 이번 겨울을 넘기지 못하실 것 같아"라고 리오넬에게 말했다는 것이다. 어느 날 밤에는 엄마가 엄청난 복통으로 인해 병원에 데려가 달라고 부탁하기 직전의 상태까지 간 적도 있다고 했다. 그런데 아침이 되자 엄마는 멀쩡해졌다. 그리고 동생과 리오넬이 자동차로 다시 파리에 모시고 왔을 때는 알자스 방문이—엄마가 한 말을 그대로 옮겨 보자면—"만족스럽고 즐거웠다"고 하면서 기운 넘치고 쾌활한 모습을 되찾았다고 했다. 하지만 사고를 당하기 열흘 전쯤인 10월 중순경에는 프랑신 디아토가 동생에게 전화를 해 "방금 전 어머니 댁에서 점심 식사를 했는데요. 너무 편찮아 보이셔서 알려 줘야겠다고 생각했어요"라고 말했다고 했다. 다른 핑계를 대고 곧장 파리에 온 동생이 엄마를 방사선 전문의에게 모시고 갔다. 방사선 촬영을 한 사진을 검토한 의사가 확신에 차서 이렇게 말했다고 한다.

"걱정하실 필요 없습니다. 장에 담낭 같은 것이 생겼는데, 변이 차는 바람에 배변 활동이 어려워진 상태입니다. 식사를 너무 조금 하시는 관계로 영양실조에 걸리실 위험이 있기는 합니다만, 그렇다고 해서 심각한 상태는 아닙니다."

의사는 엄마에게 영양 섭취를 잘하라고 조언하고는 효력이 아주 강한 새로운 약을 처방해 주었다. 푸페트가 말했다.

"그래도 걱정이 돼서 내가 엄마에게 야간 간병인을 고용하자고 사정했거든. 그런데 싫다 하시는 거야. 낯선 사람이 집에서 잠을 자는 건 질색이라고 하시면서 말이야."

내가 프라하로 떠나기로 되어 있는 2주 후에 그 애가 파리로 오는 걸로 우리는 합의를 보았다.

그다음 날에도 엄마의 입은 여전히 비뚤어져 있었고 발음 역시 어눌했다. 엄마는 기다란 눈꺼풀로 눈을 덮고 있는 상태에서 눈썹을 움찔거렸다. 20년 전 자전거를 타다 떨어져서 오른팔이 부러진 적이 있었는데 제대로 교정되지 않은 상태였다. 그런데 이번 낙상으로 인해 왼팔마저 망가지고 말았다. 양팔을 모두 거의 움직일 수 없게 된 것이다. 다행스럽게도 사람들이 엄마를 세심하게 배려하며 돌보아 주고 있었다. 병실이 정원을 향해 있는 덕분에 거리의 소음이 거의 들리지 않았다. 사람들이 창문과 나란히 있는 벽 쪽으로 침대를 옮겨 놓아 주었다. 그 덕분에 벽에 붙어 있던 전화기에 손이 가닿을 수 있었다. 또한 상반신을 베개로 받쳐 주어 누워 있기보다는 앉아 있는 자세가 되도록 해 주었다. 폐에 무리가 가지 않도록 하기 위해서였다. 전기 장치와 연결된 에어 매트리스가 진동하면서 엄마를 주물렀다. 그렇게 하면 욕창이 생기는 것을 방지할 수 있을 터였다. 매일 아침 물리 치료사가 엄마의 다리를 움직여 주었다. 보스트가 경고했던 위험은 비껴간 듯했다. 병실 담당 직원이 고기를 잘라 주고 밥 먹는 것도 도와주었으며 식사 역시 아주 맛있었다고, 다소 졸린 듯한 목소리로 엄마는 내게 말했다. 사과를 곁들인 순대를 준 부시코 병원과는 사뭇 대조적이라고 힘주어 말하면서 이렇게 덧붙였다.

"환자에게 순대를 주다니 말이다!"

엄마는 전날에 비해서는 막힘없이 말했다. 선을 붙잡아 자기 쪽으로 전화기를 끌어당길 수 있을지를 걱정하면서 두 시간 동안 바닥을 기었던 일을 여러 번 되풀이해서 말했다.

"어느 날 나처럼 혼자 살고 있는 마르샹 부인에게 말한 적이 있어. 전화기가 있어서 다행이라고. 그러자 그 여자가 이렇게 대답하더구나. 그래도 전화기까지 가긴 해야 하잖아요, 라고 말이야."

엄마는 거만한 말투로 마르샹 부인의 대답을 여러 차례 반복해서 말하더니 이렇게 덧붙였다.

"전화기가 있는 데까지 가지 못했다면 난 끝장났을 게다."

엄마가 남들에게 들릴 만큼 크게 소리칠 수 있었을까? 아마도 아니었을 것이다. 난 엄마가 느꼈을 절망감을 상상해 보았다. 엄마는 천국이 있다고 믿었다. 그렇지만 나이가 들어 쇠약해지고 병에 걸렸는데도 불구하고 엄마는 현세에 무척이나 집착했고, 죽음을 동물적으로 두려워했다. 종종 반복적으로 꾸곤 하는 악몽에 대해 엄마가 동생에게 다음과 같이 이야기한 적이 있다.

"누군가 날 쫓아오는 바람에 달리고 또 달리는데 말이다. 그러다가 벽에 부딪히게 돼. 벽을 뛰어넘긴 해야 하는데 그 뒤에 뭐가 있는지 모르잖아. 그래서 난 무서워하지."

그러면서 이렇게 말하기도 했다.

"죽음 그 자체가 무서운 건 아니야. 죽음으로 넘어가는 과정이 무서운 거지."

엄마는 바닥을 기어가면서 생각했다고 한다. 넘어가야 하는 순간이 온 거라고. 난 엄마에게 물었다.

"넘어지셨을 때 무척 아프셨죠?"

"아니. 기억이 나질 않는구나. 그래도 그렇게 아프지는 않았던 것 같구나."

'그러니까 엄마는 의식을 잃으셨던 거야'라고 난 생각했다. 엄마는 어지러웠던 것까지는 기억난다고 했다. 그러면서 덧붙여 말하길, 사고를 당하기 며칠 전에 새로 처방받은 약을 먹고 나서는 다리에 힘이 빠진다는 느낌이 드는 바람에 바로 한동안 소파에 누워 있었다고 했다. 나는 엄마가 내 사촌 여동생인 마르트 코르도니에를 시켜 여러 가지 물건과 함께 집에서 가져오게한 작은 약병들을 의심스럽게 쳐다보았다. 엄마는 계속해서 약을 복용하고자 했다. 이렇게 두어도 괜찮은 걸까?

그날 저녁 나는 엄마를 보러 온 B교수를 따라 복도로 나갔다.

엄마가 일단 회복되기만 한다면 전처럼은 걷게 될 거라고 하면서 그는 이렇게 말했다.

"사소한 일상생활 정도는 다시 하실 수 있을 겁니다."

그는 엄마가 기절했었다는 것은 생각하지 않는 걸까? 그는 그 점을 전혀 생각하지 않고 있었다. 내가 장 기능 장애로 엄마가 고통스러워하고 있다고 알려 주자 그는 당황하는 듯 보였다. 대퇴골 경부 골절상이라고 쓴 부시코 병원의 기록을 보고는 거기까지만 파악하고 있었던 것이다. 그는 일반 내과의에게 엄마를 검진하도록 할 거라고 했다.

"꼭 예전처럼 다시 걷게 되실 거예요. 전처럼 지내실 수도 있을 거고요."

내가 이렇게 말하자 엄마가 다음과 같이 대답했다.

"그래도 다시는 집에 발을 들여놓지 않을 게다. 이젠 그 집을 다시 보고 싶지 않아, 절대로 보고 싶지 않아. 무슨 일이 있어도 말이다!"

그 집을 무척이나 자랑스러워했던 엄마였는데! 나이가 들면서 우울증에 걸리게 된 아버지가 뿜어내던 음침한 기운으로 가득했던 렌 거리의 집을 엄마는 극도로 싫어했다. 아버지가 돌아가시고 나서 얼마 지나지 않아 외할머니마저 돌아가시게 되자, 엄마는 그 집에 대한 기억을 지워 버리고 싶어 했다. 몇 년 전 친구들 중 한 명이 방 하나짜리 아파트로 이사를 했는데, 엄마는 현대적인 분위기를 풍기는 그 집에 매료되었다. 모두가 알고 있는 이유로 1942년에는 머물 집을 쉽게 구할 수 있었다. 그 덕분에 엄마는 꿈을 이룰 수 있게 되었다. 블로메 거리에 있는 발코니가 딸린 방 하나짜리 아파트를 빌리게 된 것이었다. 엄마는 어두운 배나무 색 책상, 앙리 2세 시대풍의 식당용 가구, 혼수로 마련했던 침대, 그랜드 피아노를 팔았다. 대신 다른 가구들과 오래된 붉은색 양탄자 하나는 간직했다. 벽에는 동생이 그린 그림들을 걸었다. 방 안에는 긴 소파를 놓았다. 그 무렵 엄마는 집 안에 있는 층계를 기분 좋게 오르내렸다. 사실 나는 이 집이 맘에 들지는 않았다. 커다란 창문이 있는데도 불구하고 3층에 위치하고 있어서 볕이 거의 들지 않았기 때문이다. 방, 부엌, 욕실이 자리 잡고 있는 위층 공간은 항상 어두웠다. 층계를 한 칸씩 오르내릴 때마다 신음 소리를 내게 된 후로 엄마가 머물게 된 곳이 바로 거기였다. 20년이 지나자 벽과 가구, 양탄자가 모두 더러워지고 해졌다. 1960년에 건물 주인이 바뀌면서 쫓겨날지도 모른다고 생각한 엄마는 양로원에서 지내는 걸 고려해 본 적이 있었다. 하지만 마음에 드는 양로원을 찾지 못하고 나서는 집에 애착을 가지게 되었다. 자신을 집에서 쫓아낼 권리가 누구에게도 없다는 사실을 알게 된 후로는 블로메 거리에 머물렀다. 하지만 이제 엄마의 친구들과 나는 엄마가 회복한 뒤 살 만한 쾌적한 양로원을 찾아볼 요량이었다.

"엄마가 블로메 거리로 돌아가는 일은 절대 없을 거예요. 약속할게요."

나는 엄마에게 이렇게 말했다.

일요일이 되자 엄마는 눈이 또다시 반쯤 감기고 기억력이 떨어지는 듯했으며, 죽같이 쩍쩍 늘어지는 말투로 발음했다. 엄마는 내게 자신이 겪은 고난을 다시금 들려주었다. 그래도 어떤 점이 엄마를 안심시키고 있었다. 그건 바로 그녀가 높이 평가하는 이 병원으로 사람들이 자신을 데리고 왔다는 점이었다.

"부시코 병원에 계속 있었다면 검사도 하지 않고 어제 바로 수술에 들어갔을지도 몰라. 여기가 파리에서 제일 좋은 병원인 듯싶구나."

그리고 마치 다른 병원을 깎아내려야만 이 병원을 칭찬하는 기쁨을 두 배로 누릴 수 있다고 생각하기라도 하듯 이웃 병원과 이 병원을 은근슬쩍 비교하면서 이렇게 덧붙였다.

"G병원보다 훨씬 좋아. G병원이 형편없다고들 하더라고."

월요일에 엄마는 "오래전부터 잠을 잘 자지 못했어"라고 말했다. 엄마는 평상시의 안색을 되찾은 상태였고, 목소리가 또렷했고, 잘 보인다고도 했다. 기억력 역시 제자리를 찾았다.

"라크루아 박사에게 꽃을 보내 드려야겠다."

나는 책임지고 꽃을 보내겠다고 약속했다.

"그런데 경찰분들께는? 그분들께도 무언가 드려야 하지 않겠니? 폐를 끼쳤는데 말이다."

나는 엄마를 말리는 데 애를 먹었다. 엄마는 베개에 몸을 기댄 채 내 눈을 바라보면서 단호하게 말했다.

"보다시피 매가리가 풀린 게야. 너무 피곤하고 진이 다 빠져 버렸어. 내가 늙었다는 걸 인정하고 싶지 않았단다. 하지만 내가 어떤 상황에 처했는지를 제대로 알 필요가 있다고 생각한다.

며칠이 지나면 일흔여덟이야. 완전히 늙어 버린 셈이지. 그러니 준비를 해야겠구나. 인생의 책장을 한 장 넘기려고 해."

나는 감탄하면서 엄마를 바라보았다. 오랫동안 엄마는 자신이 젊다는 생각을 버리려 하지 않았다. 언젠가는 사위가 말실수를 하자 화가 난 목소리로 다음과 같이 답한 적도 있었다.

"내가 늙었다는 건 나도 알고 있고 그 때문에 기분이 상당히 좋지 않네. 그러니 내가 늙었다는 걸 떠올리게 하지 말아 줬으면 하는구먼."

사흘 동안 안갯속에서 헤매던 상태에서 벗어나자, 돌연 엄마는 명석하고도 단호한 태도로 일흔여덟 살이라는 자신의 나이에 의연하게 대처할 수 있는 힘을 지니게 된 것이었다. "인생의 책장을 한 장 넘기려고 해"라는 말에서 알 수 있듯이.

아버지가 돌아가시고 나서 엄마는 놀랄 만큼 용기 있는 모습으로 인생의 새로운 국면을 맞이했다. 남편의 죽음에 무척 슬퍼하기는 했다. 하지만 그렇다고 해서 과거 속에 매몰된 채 있으려 하지 않았다. 다시 자유로워진 상황을 이용해서 자신이 원하는 대로 삶을 재정비했다. 아빠는 땡전 한 푼 남기지 않은 채 돌아가셨고 그때 엄마의 나이는 쉰넷이었다. 엄마는 몇 차례의 시험과 실습을 치르고 나서 자격증을 하나 땄고, 그 덕분에 적십자에서 보조 사서로 일할 수 있게 되었다. 출퇴근용으로 자전거 타는 법을 다시 배우기도 했다. 전쟁이 끝난 후에는 집에서 삯바느질을 해 볼까 고민하기도 했다. 그때는 나도 도울 수 있는 상황이었다. 하지만 한가로운 생활은 엄마에게 맞지 않았다. 기어이 자신의 방식대로 살길 원한 엄마는 수많은 활동을 찾아냈다. 파리 근교에 있는 결핵 예방 의료원의 도서관에서 무보수로 일하기도 했고, 그다음에는 동네에 있는 한 가톨릭 단체의 도서관에서도 일했다. 엄마는 책을 다루고, 덮개로 씌우고 분류하고, 색인 카드를 적고, 독자들에게 조언을 해 주는 일을 좋아했다. 독일어와 이탈리아어를 배웠고 영어 실력을 유지하고자 노력했다. 수예실에서 수를 놓기도 하고 자선 판매 행사에도 참여했으며, 여러 가지 강연을 들으러 다니기도 했다. 새로운 친구도 많이 사귀었다. 아버지의 우울증 때문에 멀어졌던 옛 친구 및 친척 들과의 관계를 다시 회복하기도 했다. 엄마는 즐거워하면서 그들을 집으로 초대하곤 했다. 가장 간절히 바라던 일 중 하나를 이루기도 했는데 바로 여행하기였다. 엄마는 다리를 뻣뻣하게 만드는 관절 경직증에 결사적으로 맞서 싸웠다. 빈, 밀라노로 동생을 만나러 갔다. 여름이면 종종걸음으로 피렌체와 로마 거리를 가로지르며 돌아다녔다. 벨기에와 네덜란드의 박물관도 관람했다. 다리가 거의 마비된 지경에 이른 최근에서야 엄마는 세상 곳곳을 돌아다니기를 포기했다. 하지만 친구나 사촌 들이 시골 또는 지방으로 초대할 때면 망설이지 않고 역무원에게 들려 기차에 올랐다. 엄마의 가장 커다란 즐거움은 자동차를 타고 달리는 것이었다. 최근에 종손녀인 카트린이 시트로엥 소형차로 밤새 달려 엄마를 메리냑으로 모시고 간 적이 있었다. 무려 450킬로미터가 넘는 거리였다. 하지만 엄마는 한 송이 꽃 같은 싱그러운 모습으로 차에서 내렸다.

나는 엄마의 활력에 감탄했고 엄마가 보여 준 굳센 의지에 존경심을 느끼곤 했다. 그런데 말을 다시 할 수 있게 되자마자 도대체 왜 엄마는 이런 내 감정을 싸늘하게 만들어 버리는 말들을 내뱉는 걸까? 부시코 병원에서 보낸 밤을 떠올리면서 엄마는 내게 이런 말을 했다.

"서민 여자들이 어떤지 넌 알지 않니. 얼마나 징징거리던지."

"병원 간호사들은 어떻고. 그 여자들은 오직 돈 때문에 일을 하더구나. 그러니……."

숨을 쉬는 것만큼이나 기계적으로 내뱉는 판에 박힌 말이었지만, 어쨌든 의식적으로 한 말이기도 했다. 그래서인지 아무렇지 않게 듣고 넘길 수가 없었다. 엄마의 육체가 고통받고 있다는 사실과 엄마의 머릿속이 무의미한 생각들로 가득 차 있다는 사실, 서로 상반되는 이 두 가지 사실이 나를 슬프게 했다.

물리 치료사가 침대로 다가와 이불을 걷어 올리고는 엄마의 왼쪽 다리를 붙잡았다. 그러자 잠옷이 벌어지면서 얼떨결에 쭈글쭈글하고 잔주름이 진 복부와 한 오라기의 털도 없는 음부가 드러났다.

"이제 내가 부끄러워할 건 아무것도 없잖니."

엄마는 당황한 듯 말했다.

"그렇죠"라고 난 말했다. 하지만 나는 고개를 돌려 정원 쪽으로 시선을 고정했다. 엄마의 성기를 보았다는 것. 그 사실이 내게는 충격적이었다. 나에게 몸은 덜 중요한 것도 더 중요한 것도 아니었다. 어린 시절에는 몸에 애착을 느꼈다. 하지만 사춘기에 접어들면서 몸은 내게서 마음을 불안하게 만드는 혐오감을 자아내기 시작했다. 흔히 있는 일이었다. 그러면서 나는 몸이 혐오스러움과 신성함이라는 이중의 특징을 지니고 있다는 점, 즉 금기에 해당한다는 점을 당연시하게 되었다. 그랬다 하더라도 나는 나 자신이 너무나도 불쾌해하고 있다는 사실에 놀랐다. 엄마가 자신의 몸을 드러내 보이는 걸 태평스럽게 승낙했다는 사실이 나를 더욱 더 불쾌하게 했다. 엄마가 평생 동안 자신을 짓눌러 왔던 금지 사항이나 지시 사항을 벗어던졌다는 점에 있어서는 엄마를 높이 평가했다. 그러나 그것들을 벗어던진 결과 엄마의 몸은 한낱 몸뚱이에 불과한 것으로 전락해 버렸고, 그 결과 시체와 다를 바 없어져 버린 셈이었다. 마구 만지고 마음대로 다루는 전문가들의 손길에 내맡겨진, 의지할 데라곤 하나 없는 가련한 몸뚱이. 거기에서 생명은 어처구니없을 만큼 관성적인 상태로만 연장되고 있을 뿐이었다. 언제나 엄마를 살아 있는 존재로 여겨 왔던 나는 언젠가, 그것도 얼마 안 가서 곧 엄마가 죽는 걸 보게 되리라는 생각을 단 한 번도 진지하게 해 본 적이 없었다. 내게 있어서 엄마의 죽음은 탄생과 마찬가지로 신화적인 시간의 차원에 속한 것이었다. 그래서 엄마가 돌아가실 만큼 연세를 잡순 거라고 말했을 때, 그건 내가 했던 다른 수많은 말처럼 빈말에 불과했다. 그런 내가 이번에 처음으로 엄마에게서 산송장의 모습을 발견한 것이었다.

그다음 날 아침에 나는 간호사가 시키는 대로 엄마에게 입힐 잠옷을 새로 사러 갔다. 간호사는 짧은 잠옷을 사 오라고 했다.

그렇지 않으면 엉덩이 아래에 잠옷 자국이 나, 거기에 욕창이 생길 위험이 있다고 했다.

"슬립 스타일이 좋으세요, 아니면 인형 옷 같은 스타일이 좋으세요?"

점원이 내게 물었다. 나는 젊고 싱그러운 육체를 위해 만들어진 부드러운 색조를 띤 채 하늘거리는, 이름만큼이나 가벼운 느낌을 주는 속옷들을 만져 보았다. 하늘이 푸르른, 아름다운 가을날이었다. 하지만 나는 납빛으로 물든 세계 속을 걷는 듯했다. 나는 내가 엄마의 사고로 인해 예상했던 것보다 훨씬 더 큰 충격을 받았다는 걸 깨달았다. 정확한 이유는 알 수 없었다. 사고의 여파로 내가 엄마에게 덧씌워 왔던 틀과 역할, 고정된 이미지에서 그녀가 벗어나게 된 까닭인 듯했다. 병상에 누운 엄마를 보면서 내가 그녀를 새롭게 인식하게 된 것은 사실이었지만, 그렇다고 해서 엄마가 내게 불러일으킨 연민과 혼란스러운 감정까지 받아들일 수 있었던 것은 아니었다. 결국 난 종아리까지 오는 길이의, 하얀색 작은 물방울무늬가 있는 장밋빛 잠옷을 택했다.

엄마의 전반적인 건강 상태를 살피는 역할을 맡고 있는 T박사가 내가 병간호를 하고 있었을 때 엄마를 살피러 왔다.

"식사를 너무 적게 드시는 듯합니다만?"

"올해 여름은 우울했답니다. 그래서 그런지 도통 먹고 싶은 생각이 나질 않았어요."

"요리하는 게 귀찮으셨던 건 아니고요?"

"그게 아니라 맛있는 음식을 만들긴 했는데, 그러고 나서는 손도 대기 싫더라니까요."

"아! 그렇다면 게을러서 그러신 건 아니었군요. 맛있는 음식을 손수 준비하셨습니까?"

엄마는 곰곰이 생각한 뒤 이렇게 말했다.

"한번은 치즈 수플레를 만들었는데, 두 숟갈쯤 먹고 나서는 그만 먹었지 뭐요."

그는 거만하게 웃으면서 "알겠습니다" 하고 말했다.

J박사, B교수, T박사는 한껏 멋을 낸 옷차림에 로션으로 번들거리는 말끔한 얼굴을 하고는, 머리도 제대로 빗지 못한 채 약간은 넋이 나가 있는 이 늙은 여인을 매우 거만해 보이는 태도로 내려다보았다. 높으신 양반들이 납신 듯했다. 나는 그들에게서 쓸데없는 권위의식을 발견했다. 목숨을 걸고 법정에 선 죄인을 앞에 두고 중죄 재판소의 법관들이 드러내곤 하는 권위의식과 같은 것이었다. 엄마가 의사에 대한 믿음 속에서 성심성의껏 생각해 가며 이야기했을 때, 그들은 "맛있는 음식을 손수 준비하셨습니까?"라고 비웃듯 말하지 말았어야 했다. 엄마에게는 자신의 건강이 달린 문제였으니까 말이다. 그리고 B교수는 도대체 무슨 자격으로 내게 **사소한** 일상생활 정도는 다시 하실 수 있을 겁니다"라고 말했던 것일까? 나는 그의 진단을 믿지 않았다. 이 엘리트 의사 양반이 한 말을 엄마의 입으로 듣게 되었을 때는 너무 화가 나기도 했다. 그렇지만 병상에 누워 꼼짝 못 하게 된 상황에서도 무력함과 죽음을 물리치려 분투하고 있는 이

환자에게는 연대감을 느꼈다.

반면 간호사들에게는 호감이 갔다. 수치심을 견뎌 내야 하는 환자들과 고된 일을 견뎌 내야 하는 간호사들은 힘든 상황을 함께하고 있다는 유대감을 바탕으로 서로 친밀한 관계를 맺고 있었다. 어쨌든 곁에서 보기에 환자들을 향한 간호사들의 관심은 우정과 다를 바 없었다. 젊고 아름답고 능력 있는 물리 치료사인 로랑 씨는 엄마에게 거만하게 굴지 않았으며, 그녀를 격려하고 안심시키고 달랠 줄 알았다.

"내일 위 방사선 촬영을 하기로 했습니다"라며 T박사가 결정을 통고했다. 엄마는 불안해했다.

"그러면 몹시 역겨운 그 약을 먹게 되겠군요."

"그렇게 역하지는 않습니다!"

"아니요, 상당히 역하다고요!"

나와 단둘이 있게 되자 엄마는 한탄했다.

"그 약이 얼마나 맛없는지 넌 모를 게다! 진짜 토할 것 같은 맛이라니까!"

"미리 그런 생각 하지 마세요."

그렇지만 엄마는 그 약 이외에 다른 것은 생각하지 않았다. 병원에 입원한 이후부터 줄곧 엄마가 최우선으로 관심을 둔 것이 음식이었던 까닭이다. 그렇지만 엄마가 어린애같이 걱정하는 모습을 본 나는 놀라고 말았다. 눈살 한 번 찌푸리지 않고 불편함과 고통스러움을 잘 참아 냈던 엄마였기 때문이다. 더욱 본질적인 두려움이 역겨운 약에 대한 공포 아래에 숨어 있던 것은 아닐까? 하지만 당시의 난 나 자신에게 이렇게 묻지 않았다.

그다음 날, 별 다른 일 없이 위와 폐에 대한 방사선 촬영이 끝났고 아무런 문제도 발견되지 않았다는 말을 전해 들었다. 하얀색 작은 물방울무늬가 있는 장밋빛 잠옷과 올가에게서 빌린 실내용 덧옷을 입은 채, 평온한 얼굴로 머리칼을 하나로 굵게 묶고 있는 엄마의 모습은 더 이상 병자처럼 보이지 않았다. 엄마는 왼쪽 팔을 다시 쓸 수 있게 되었다. 누구의 도움 없이 신문을 펼치고 책을 읽고 수화기를 들 수 있게 되었다. 수요일. 목요일. 금요일. 토요일. 엄마는 낱말 맞추기를 했고, 『사랑에 빠진 볼테르』란 책과 장 드 레리라는 인물이 브라질 탐험에 대해 쓴 기사를 읽었다. 「피가로」, 「프랑스수아르」 같은 신문을 뒤적거리기도 했다. 나는 매일 아침 병실을 찾았다. 하지만 고작 한두 시간밖에 머물지 않았다. 엄마도 그 이상 나를 붙잡아 두려 하지 않았다. 병문안 오는 사람이 하도 많아서 심지어 가끔은 "오늘은 너무 많은 사람이 찾아왔지 뭐니"라며 그에 대한 불평을 늘어놓기까지 했다. 병실은 시클라멘, 철쭉, 장미, 아네모네와 같은 꽃들로 가득했다. 머리맡 테이블에는 과일 젤리, 초콜릿, 사탕 상자가 쌓여 있었다. 내가 "심심하지 않으세요?"라고 묻자 엄마는 "무슨 소리!"라고 답했다. 엄마는 누군가가 시중을 들고 보살펴주고 몸단장해 주는 걸 기뻐했다. 이전에는 발판에 의지해서 욕조의 가장자리를 넘어가기까지 여간 힘든 게 아니었다. 양말을 신을라치면 마치 고통스러운 곡예라도 하듯이 움직여야 했다. 하지만 이제는 아침저녁으로 간호사가 화장수로 얼굴을 닦아

주고 땀띠용 파우더도 발라 주었다. 쟁반에 받쳐 식사를 가져다 주기도 했다. 엄마가 말했다.

"짜증나게 하는 간호사가 한 명 있는데 말이다. 언제쯤 퇴원할 거냐고 물어보는 게야. 난 퇴원하고 싶지 않은데 말이지."

조만간 소파에 앉을 수 있게 될 것이고, 그러면 요양원으로 옮겨 가게 되리라는 말을 듣자 엄마는 우울해했다.

"나를 이리저리 끌고 다니다가 내팽개칠 셈이로구나."

하지만 가끔은 미래에 대해 관심을 보이기도 했다. 한 친구가 파리에서 한 시간 거리에 위치한 양로원에 대해 이야기한 적이 있었다. 엄마는 "아무도 나를 보러 오지 않을 게야, 완전히 혼자 남겨지게 될 거라고!"라며 불행하다는 듯 말했다. 나는 엄마를 먼 곳으로 보내는 일은 없을 거라고 안심시키고는 내가 찾은 양로원 주소 목록을 보여 주었다. 그러자 엄마는 뇌이에 위치한 어느 양로원의 정원에서 햇볕을 쬐면서 책을 읽거나 뜨개질하는 자신의 모습을 즐거이 상상해 보았다. 그리고 조금은 아쉽다는 듯이, 하지만 동시에 일부러 짓궂게 내게 이렇게 말했다.

"나를 더 이상 만나지 못하게 되면 동네 사람들이 슬퍼할 텐데. 우리 모임의 부인네들이 나를 보고 싶어 할걸."

한번은 이렇게 선언하기도 했다.

"너무 다른 사람들만을 위해서 살았구나. 이제부터는 나 자신만을 위해서 사는 이기적인 노인네가 될 테다."

엄마에게는 한 가지 걱정거리가 있었다.

"화장을 할 수 없게 되겠구나."

난 간병인이나 간호사에게 부탁하면 된다는 말로 엄마를 안심시켰다. 양로원에 가게 될 날을 기다리면서 엄마는 "G병원만큼이나 좋은, 파리에서 제일 훌륭한 병원" 침대에서 기분 좋게 푹 쉬었다. 사람들이 지척에서 엄마를 보살펴 주었다. 방사선 치료 이외에도 여러 번의 혈액 검사를 받았지만 모든 게 정상이었다. 저녁에는 미열이 났다. 왜 그런지 알고 싶었지만 간호사들은 대수롭지 않게 여기는 듯했다.

"어제는 너무 많은 사람을 만났지 뭐냐. 그래서 피곤해."

일요일에 엄마가 말했다. 기분이 나빠 보였다. 상근 간호사들이 외출한 터라 신참 간호사가 엄마를 맡았는데, 그 사람이 소변이 가득 찬 통을 엎지르는 바람에 침대는 물론이고 베개까지 젖어 버렸기 때문이었다. 엄마는 자주 눈을 감고 있었고 기억은 흐릿해져 있었다. D박사가 넘겨 준 방사선 촬영 사진을 T박사가 해독해 내지 못한 관계로 그다음 날 장 부위를 한 번 더 촬영해야 하는 상황이 발생했다.

"수산화바륨으로 관장을 시킬 거야. 얼마나 아프다고. 게다가 나를 또 흔들어 대고는 이리저리 끌고 다니겠지. 날 좀 제발 가만히 내버려 뒀으면 좋겠구나!"

나는 엄마의 축축하고 조금은 차가운 손을 잡았다.

"미리 그런 생각 하지 마세요. 걱정하시지도 말고요. 걱정하는 건 건강에 좋지 않아요."

엄마는 조금씩 마음을 가라앉혔지만 그 전날보다 더 약해진 듯 보였다. 친구분들이 걸어 온 전화를 내가 받았다. 엄마에게

난 이렇게 말했다.

"보세요, 전화가 끊이지 않잖아요. 영국 여왕도 기가 죽겠어요. 꽃이며 편지, 사탕에 전화까지! 엄마를 생각하는 사람이 이렇게나 많다고요."

나는 엄마의 까칠해진 손을 잡았다. 엄마는 계속해서 눈을 감고 있었지만 슬퍼 보이는 입가에 미소가 옅게 비쳤다.

"내가 명랑한 사람이라 날 좋아하는 게야."

월요일에는 병문안 오는 사람이 많을 거라 엄마가 말하기도 했고 나 역시 할 일이 있었다. 그래서 화요일 아침에서야 병원을 찾았다. 문을 밀고 들어갔을 때 난 그 자리에서 얼어붙고 말았다. 그렇지 않아도 비쩍 마른 엄마가 더욱 더 야위고 오그라든 듯 보였기 때문이었다. 마치 금이 가고 바싹 메말라 버린, 빛바랜 분홍색 포도덩굴 한 줄기를 보는 것 같았다. 다소 넋이 나간 듯한 목소리로 엄마가 중얼거렸다.

"그 사람들이 나를 완전히 탈수 상태에 빠지게 했어."

방사선 촬영이 있는 저녁까지 기다리는 동안 스무 시간가량이나 물을 먹지 못하게 한 것이다. 수산화바륨을 이용한 관장은 고통스럽지 않았다고 했다. 반면 갈증과 불안으로 인해 엄마는 탈진한 상태였다. 얼굴은 야위어 있었고 힘든 일을 겪은 탓에 몸에 경련이 일었다. 방사선 촬영 결과가 어떤지 물었더니 간호사들이 질겁하면서 "우리는 볼 줄 몰라요"라고 답했다. T박사를 만날 수 있었다. 이번에도 마찬가지로 사진에서 얻어 낸 정보들이 불분명하다고 했다. 그에 따르면 "담낭주머니"는 없지만 신경성 경련으로 인해 장 부위가 어젯밤부터 제대로 기능하지 못하고 경직된 상태라고 했다. 엄마는 고집스럽다 싶을 만큼 낙천적인 사람이었지만, 동시에 신경질적이면서 걱정이 많은 사람이기도 했다. 경련이 인 것은 그 때문이었다. 병문안을 오는 손님들을 받느라 너무나 지친 나머지 엄마는 담당 고해 신부인 P 신부에게 약속을 취소하겠다는 전화를 걸어 달라고 내게 부탁했다. 엄마는 거의 말이 없었고 웃지도 않았다.

"내일 저녁에 올게요."

병실을 나서면서 나는 엄마에게 말했다. 동생은 파리에 밤에 도착해 다음 날 아침 병원으로 올 예정이었다. 저녁 9시에 집 전화기가 울렸다. B교수였다.

"어머니 곁에서 밤새 간병할 사람을 두려 하는데 동의하십니까? 어머니 상태가 좋지 않습니다. 내일 저녁에 오시려나 본데 아침부터 와 계시는 게 좋겠습니다."

마지막으로 그는 종양으로 인해 소장이 막혀 있다는 말을 했다. 엄마가 암에 걸린 것이었다.

암. 그런 것 같았다. 심지어 암인 게 분명해 보이기까지 했다. 눈언저리에 든 멍이며 살이 빠지는 것 하며. 그런데 의사는 암일 가능성을 염두에 두지 않았던 것이다. 모두가 잘 알고 있듯이, 아들이 미쳤다는 사실을 가장 나중에 인정하는 이는 부모고, 어머니가 암에 걸렸다는 사실을 가장 나중에 인정하는 이는 자식이기 십상이다. 엄마가 평생 동안 암에 걸리지 않을까 두려워해 온 만큼 나와 내 동생은 엄마가 암에 걸릴 수 있다는 걸 믿지 않곤 했다. 마흔 살에 가슴팍을 가구에 부딪친 엄마는 몹시 불안해하면서 "유방암에 걸리게 될 거야"라고 말한 적이 있다. 내 친구 중 한 명이 위암으로 수술을 받은 지난겨울에는 "나 역시 위암에 걸릴 거야"라고 말하기도 했다. 나는 무심하게 어깨를 으쓱해 보였다. 암과 타마린 잼으로 치료 가능한 장 기능 장애 사이에는 어마어마한 차이가 있기 때문이었다. 우리는 엄마의 강박이 현실화할 것이라고 생각해 본 적이 결코 없었다. 그런데 훗날 프랑신 다이토는 엄마가 암에 걸리신 것 같다는 생각을 했었노라고 우리에게 털어놓았다. "얼굴을 보고 알았지요"라고 말하면서 덧붙이길 "냄새에서도 느껴졌고요"라고 했다. 이제 모든 게 분명해졌다. 알자스에서 엄마가 일으킨 발작은 종양 때문이었던 것이다. 기절하고 넘어진 것 역시 암 때문이었다. 그리고 2주간 병상에 누워 지낸 탓에, 오래전부터 엄마를 괴롭혀 오던 장폐색증이 악화되었던 것이다.

여러 번 엄마와 통화했던 푸페트는 엄마의 건강이 아주 좋으리라고 생각하고 있었다. 나보다 더 엄마와 친했던 만큼 동생은 엄마에게 더 많은 애착을 느끼고 있었다. 난 그 애가 병원에서 죽어 가는 엄마의 얼굴을 갑작스레 마주하는 일은 없어야 한다고 생각했다. 푸페트가 탄 기차가 도착한 지 얼마 지나지 않아 나는 그 애와 통화하기 위해 디아토의 집으로 전화를 걸었다. 푸페트는 벌써 잠들어 있었다. 깨고 나서 얼마나 놀랄까!

11월 6일 수요일, 교통, 가스, 전기 분야에서 파업이 있었다. 보스트에게 자동차로 나를 데리러 와 달라고 부탁했다. 그가 도착하기 전, B교수가 다시 내게 전화를 해 엄마가 밤새도록 구토 증세에 시달렸으며 오늘을 넘기시기는 어려울 듯하다고 말했다.

내가 걱정했던 것보다 길이 덜 막혔다. 10시경 114호실 문 앞에서 푸페트와 만났다. 그 애에게 B교수의 말을 그대로 전해 주었다. 푸페트가 알려 주길 아침 일찍부터 심폐소생 전문의인 N박사가 엄마를 돌보고 있으며, 위세척을 하기 위해서 코로 관을 삽입할 예정이라고 했다.

"그런데 어차피 돌아가실 거라면 뭐 하러 엄마를 괴롭히는 거야? 그냥 편히 돌아가시게 내버려 두면 좋으련만."

푸페트는 눈물을 흘리면서 내게 말했다. 나는 대기실에서 기다리고 있는 보스트와 함께 있도록 그 애를 보냈다. 보스트는 푸페트를 데리고 커피를 마시러 갔다. N박사가 내 앞을 지나쳐 병실로 막 들어가려 하고 있었다. 나는 그를 불러 세웠다. 하얀 가운을 입고 하얀 모자를 쓴 그는 딱딱한 얼굴을 한 젊은 사내였다.

"왜 관을 삽입하는 겁니까? 더 이상 살 가망이 없다면서 도대체 무엇 때문에 어머니를 괴롭히는 거죠?"

그는 매서운 눈으로 나를 쏘아보면서 이렇게 말했다.

"전 제가 해야 할 일을 하는 겁니다." 그는 문을 밀치면서 들어가 버렸다. 잠시 후 간호사가 나더러 들어오라고 했다.

침대는 원래의 위치였던 병실 한가운데에 머리맡을 벽 쪽으로 한 상태로 놓여 있었다. 왼쪽 머리맡에는 링거 병이 엄마의 팔과 연결된 채 놓여 있었다. 엄마의 코에서 나온 투명한 플라스틱 관이 복잡해 보이는 기계를 통과해 어떤 병과 연결되어 있었다. 콧구멍이 집게로 조여 있어서 엄마의 얼굴이 한층 더 쪼그라진 듯했다. 엄마는 보는 사람의 마음을 아프게 할 만큼 온순한 얼굴을 하고 있었다. 삽입한 관이 많이 불편하지는 않지만 밤새도록 너무나 아팠다고 엄마는 내게 중얼거리듯 말했다. 엄마는 목말라했지만 물을 마시면 안 되는 상황이었다. 간호사가 물컵에다가 빨대를 꽂아 입에 대주었다. 엄마는 삼키지는 못하고 입술만 축였다. 입술을 움직여 탐욕스러우면서도 조심스럽게 빨대를 빨아 대는 모습을 나는 홀린 듯이 바라보았다. 내 어린 시절, 엄마가 무언가에 불만을 느끼거나 짜증이 날 때마다 부어오르던 솜털이 나 있는 그 입술 역시.

"저런 게 위 속에 있도록 내버려 두길 바라시는 겁니까?"

노르스름한 물질로 가득 찬 병을 가리키면서 N박사가 공격적인 어조로 말했다. 나는 아무런 대답도 하지 않았다. 그가 복도에서 내게 말했다.

"새벽까지만 해도 어머니께서 고작해야 네 시간 정도 사실 줄 알았습니다. 그런 어머니를 제가 다시 살려 드린 겁니다."

나는 그에게 감히 되묻지 못했다. 도대체 왜 되살린 거냐고.

전문의들의 진찰이 있었다. 외과 수술 전문의인 P박사가 어떤 의사와 함께 부풀어 오른 엄마의 배를 촉진하는 동안 동생은 내 옆에 있었다. 그들의 손길 아래에서 엄마는 신음하고 비명을 질렀다. 모르핀 주사를 놓았다. 엄마는 여전히 신음 소리를 냈다. 우리는 "주사를 한 대 더 놓아 주세요!"라고 요구했다. 모르핀을 과다 복용할 경우 장이 마비될 수 있다며 그들은 거절했다. 이들은 대체 뭘 하려는 것일까? 파업으로 전기가 끊기는 바람에 그들은 혈액 표본을 자가발전 장치를 보유한 미국 계열의 병원으로 보냈다. 수술을 할 생각인 걸까? 환자가 너무나 쇠약해진 상태라 그럴 가능성은 거의 없다고, 외과 수술 전문의가 병실을 나서면서 내게 말했다. 그가 멀어지자 그 이야기를 들은 나이 많은 간호사인 공트랑 씨가 소리 높여 내게 말했다.

"어머니를 수술받게 하시면 안 돼요!"

그러고 나서 그녀는 손으로 입을 가리며 말했다.

"제가 이렇게 말했다는 걸 N박사가 알게 되면! 제 어머니 일 같아서 말씀드리는 거예요."

나는 그녀에게 물었다.

"수술하면 어떻게 되는 거죠?"

하지만 그녀는 입을 다문 채 대답하지 않았다.

엄마는 잠이 들었다. 푸페트에게 전화번호를 남기고 병실을 나섰다. 5시경 푸페트가 사르트르의 집으로 전화를 걸어 왔을 때, 그 애의 목소리에는 희망이 깃들어 있었다.

"수술 담당 의사가 수술을 해 보자고 하네. 혈액 검사 결과가 좋대. 엄마도 기운을 다시 차렸고, 심장도 버텨 줄 거래. 그리고 무엇보다도 암이라는 걸 절대적으로 확신할 수는 없다는 거야. 단순한 복막염일 수도 있다고 하더라고. 그럴 경우 살아날 가망이 있는 거지. 언니도 그렇게 생각하지?"

"(수술을 받게 하시면 안 돼요.) 나도 그렇게 생각해. 몇 시에 수술한대?"

"2시쯤에 와. 엄마한테는 수술이 아니라 방사선 촬영을 한다고 말하려고 해."

수술을 받게 하시면 안 돼요.

전문의의 결정과 동생의 희망을 거스르는, 근거가 빈약한 주장이었다. 만일 수술을 받은 후 엄마가 깨어나지 않는다면? 그렇게 된다면 수술을 받는 게 최악의 해결책은 아닌 셈이었다. 하지만 의사가 그런 위험한 선택을 하리라고는 생각할 수 없었다. 엄마는 깨어날 것이다. 만약 수술로 인해 병세가 악화된다면? 아마도 공트랑 씨는 이 점을 지적하고 싶었던 듯했다. 하지만 장폐색이 심해진 이 시점에서 엄마는 사흘을 넘기지 못할 듯했다. 나는 엄마가 겪게 될 고통이 얼마나 끔찍할지 몹시 걱정되었다.

한 시간 뒤, 푸페트는 전화기에 대고 흐느껴 울고 있었다.

"빨리 와. 배를 열어 보니 커다란 종양이 발견됐대. 암이라는 거야."

나와 함께 집을 나선 사르트르가 택시를 타고 병원까지 같이 가 주었다. 불안함으로 목이 멨다. 어떤 간호사가 대기실과 수술실 사이에 위치한 입구를 가리켰는데 거기에서 동생이 기다리고 있었다. 동생이 너무나도 초조해 보여 나는 그 애에게 줄안정제를 부탁했다. 동생이 전하길, 의사들은 방사선 촬영을 하기 전에 먼저 진정제를 투여하겠다고 엄마에게 아주 자연스럽게 말했다고 한다. N박사가 엄마를 잠들게 했고, 마취제를 놓는 동안 푸페트는 엄마의 손을 잡고 있었다고 한다. 엄마의 몸, 그것도 완전히 벌거벗겨진 상태로 피폐해져 있는 그 몸을 보는 게 그 애에게 얼마나 고통스러운 일이었을지 가늠할 수 있었다. 엄마의 눈이 뒤집히고 입이 벌어졌다고 한다. 동생은 그 얼굴 역시 영원히 잊지 못할지도 모른다. 엄마는 수술실로 옮겨졌고 잠시 후 N박사가 수술실에서 나왔다. 그에 따르면 2리터 정도의 고름이 복부에 가득했고, 복막을 열어 보니 커다란 종양이, 그것도 가장 악성에 해당하는 암이 자리 잡고 있었다고 한다. 수술을 맡은 의사가 떼어 낼 수 있는 만큼 암을 제거하는 중이라고 했다. 수술이 끝나기를 기다리는 동안, 사촌 잔이 그녀의 딸 샹탈과 함께 들어왔다. 리모주에서 막 도착한 참이었는데, 편안하게 누워 있는 엄마를 만나게 되리라고 생각했던 모양이다. 샹탈은 낱말 맞추기 책 한 권을 챙겨 오기까지 했다. 우리는 엄마가 깨어났을 때 무슨 말을 할지 의논했다. 간단했다. 방사선 검사 결과 복막염으로 밝혀졌고 곧바로 수술에 들어갔다고 하면 됐다.

엄마를 다시 병실로 옮기고 난 직후 N박사가 의기양양하게 말했다. 오늘 아침에는 거의 돌아가신 거나 진배없던 어머니께서 길고 힘든 수술을 아주 잘 견뎌 내셨다고. 최신 마취 기술 덕분에 심장과 폐를 비롯한 모든 장기가 계속해서 정상적으로 기능하고 있다고도 했다. 그가 훌륭한 기술적 업적을 달성한 것만은 의심할 여지가 없었다. 하지만 그가 수술 이후의 결과들에서 손을 뗀 것 역시 확실해 보였다. 엄마가 수술을 받기 전, 동생은 수술을 담당하게 될 의사에게 이렇게 말했었다.

"엄마를 수술해 주세요. 하지만 만약 암이라는 게 밝혀지면, 엄마를 고통스럽게 하지 않겠다고 약속해 주세요."

그는 약속했다. 하지만 말이 무슨 소용 있겠는가?

엄마는 밀랍처럼 창백한 얼굴을 하고서 집게로 코를 조인 채 입을 벌린 상태로 반듯하게 누워서 자고 있었다. 동생과 간병인이 엄마를 간호했다. 집으로 돌아온 나는 사르트르와 이야기를 나누면서 버르토크의 음악을 들었다. 그런데 밤 11시가 되었을 무렵, 갑자기 눈물이 터져 나와 신경 발작 같은 상태에 빠지고 말았다.

정신이 혼미했다. 아버지가 돌아가셨을 때 난 눈물 한 방울 흘리지 않았다. "엄마가 돌아가신다 해도 마찬가지일 거야"라고 동생에게 말했었다. 이날 밤 이전까지 내가 느꼈던 슬픔은 모두 이해 가능한 범위 내에 있는 것들이었다. 심지어 슬픔에 잠겨 있을 때조차도 정신을 차린 상태를 유지했다. 하지만 이번에 느낀 절망감만큼은 나의 통제를 벗어난 것이었다. 내가 아닌 다른 누군가가 내 안에서 울고 있는 듯했다. 나는 사르트르에게 엄마의 입에 대해, 아침에 본 모습 그대로 이야기했다. 그 입에서 내가 읽어 낸 그 모든 것에 대해 들려주었다. 받아들여지지 못한 탐욕, 비굴함에 가까운 고분고분함, 희망, 비참함, 죽음과 대면해서뿐만 아니라 살아오는 동안 내내 느껴 왔을, 하지만 털어놓지 못했던 고독함에 대해서. 사르트르에 따르면 내가 더 이상 입을 내 뜻대로 움직이지 못했다고 한다. 내 얼굴에 엄마의 입을 포개어 놓고 나도 모르게 그 입 모양을 따라 했던 모양이다. 내 입은 엄마라고 하는 사람 전부를, 엄마의 삶 전체를 구현하고 있었다. 엄마에 대한 연민의 감정으로 나는 마음이 찢어지는 것 같았다.

II

나는 엄마가 행복한 소녀였다고 생각하지 않는다. 그녀가 떠올린 유일하게 행복했던 기억을 들은 적이 있다. 로렌의 한 마을에 있던, 엄마의 할머니 댁 정원에 대한 기억과 거기에 심겨 있던 나무 위에서 뜨끈뜨끈해진 노란 자두와 초록 자두를 먹었던 기억이다. 베르됭에서 보낸 유년기에 대해서는 들은 바가 전혀 없었다. 데이지 꽃무늬가 들어간 옷을 입은 여덟 살 무렵의 엄마 모습이 사진 한 장에 담겨 있었다.

"예쁜 옷을 입고 있네요."

"그래, 그런데 초록색 양말의 물이 빠지는 바람에 피부에 녹색 물이 들었지 뭐냐. 물든 게 빠지는 데 사흘이 걸렸지."

엄마는 답했다. 씁쓸했던 과거가 떠올라서 그랬는지 목소리가 퉁명스러웠다. 엄마는 내게 여러 번 외할머니의 냉정함에 대해 불만을 토로하곤 했다. 쉰 살이 되어서도 할머니는 웃는 일이란 거의 없는 사람이었고 남을 자주 험담하는 편이었으며, 딸에게는 의례적인 애정만을 보이는 쌀쌀맞고 거만한 여자였다. 정성을 다해 남편을 위해 헌신했던 할머니의 인생에서 자녀들은 부수적인 존재에 지나지 않았다. 엄마는 할아버지에 대해서 자주 원한 섞인 투로 말하곤 했다.

"할아버지는 네 이모 릴리만 예뻐하셨지."

엄마보다 다섯 살 어린, 금발에 장밋빛 피부를 지녔던 릴리 이모는 엄마에게서 강렬하고도 잊지 못할 질투심을 불러일으켰다. 내가 사춘기에 들어설 무렵까지 엄마는 나를 아주 지적이고 도덕적인 딸로 여겼다. 자기 자신을 나와 동일시했기 때문이다. 반면 엄마는 내 동생을 나무라고 깎아내렸다. 장밋빛 피부와 금발 머리를 한 여동생. 엄마는 자신도 모르게 그 애를 상대로 복수를 하고 있었던 것이다.

엄마는 우아조 학교와, 자신을 좋게 평가해서 자존심을 달래 주었던 그곳의 원장 수녀님에 대해서는 자랑스럽게 이야기하곤 했다. 학창 시절에 찍은 사진 한 장을 내게 보여 주었는데, 어느 정원에서 여섯 명의 소녀가 두 명의 수녀 사이에 앉아 있는 사진이었다. 까만색 옷을 입은 네 명은 기숙사생이고 하얀색 옷을 입은 두 명은 통학생이었는데, 엄마와 친구 한 명이 그 통학생이었다. 모두 다 깃이 높이 올라온 블라우스와 긴 치마를 입은 채 머리를 단정하게 틀어 올리고 있었다. 소녀들의 눈에는 그 어떤 감정도 담겨 있지 않았다. 엄마가 시골풍 예의범절과 수녀로서의 도리를 주입하기 위해 만들어진, 지나치게 엄격한 규칙이 지배하는 생활 속에 접어든 무렵이었다.

스무 살 때 엄마는 다시 한 번 정서적 좌절을 맛보았다. 사랑했던 사촌이 엄마가 아닌 또 다른 여사촌인, 나의 제르맨 이모를 더 좋아했기 때문이다. 이 일로 느낀 좌절감으로 인해, 엄마는 평생 동안 어느 정도 신경과민과 원한의 감정을 안고 살아갔다.

아빠를 만난 후로 엄마는 꽃처럼 피어났다. 엄마는 아빠를 사랑했고 흠모했다. 그리고 10년 동안은 아빠가 엄마에게 육체적 만족감을 준 게 분명했다. 여자를 밝히는 바람에 다양한 연애 경험을 지니고 있던 아빠는 재미있게 읽었던 마르셀 프레보 소설에 나온 것처럼, 젊은 아내를 대할 때는 애인을 다룰 때 못지않게 정열적으로 임해야 한다고 생각했다. 윗입술을 덮고 있던 솜털 덕분에 엄마의 얼굴은 관능적 분위기를 뜨겁게 풍기고 있었다. 아빠가 엄마의 팔을 쓰다듬고 그녀를 애지중지하면서 다정한 칭찬의 말을 건네곤 했던 것으로 보아, 부부 사이의 합이 잘 맞았던 것은 분명했다. 예닐곱 살이었던 어느 날 아침, 나는 하얀 천으로 된 긴 잠옷을 입은 엄마가 맨발로 복도에 깔린 붉은 양탄자 위에 서 있는 걸 본 적이 있다. 하나로 땋은 머리칼이 목덜미까지 내려와 있었는데, 엄마의 눈부신 미소가 나를 사로잡았다. 왜 그런지는 정확히 알지 못했지만, 적어도 나는 그 미소가 엄마가 나온 방과 관련이 있다는 사실만큼은 눈치 챘다. 그렇게 싱그러운 모습으로 등장한 이 사람이 바로 존경하는 내 소중한 어머니라는 걸 나는 겨우 알아차릴 수 있었다.

하지만 그 무엇으로도 우린 우리의 유년기를 결코 지워 버릴 수 없었다. 결혼 생활에서 엄마가 전적으로 행복하기만 했던 것도 아니다. 신혼여행을 떠난 순간부터 아빠는 이기적인 성향을 드러내기 시작했다. 엄마는 이탈리아의 호수를 보고 싶어 했다. 하지만 그들은 경마 시즌이 열린 니스에 머물렀다. 엄마는 자주 원망까지는 아니어도 서운해하는 감정을 내비치면서 이때 자신이 느꼈던 실망감을 떠올리곤 했다. 엄마는 여행하는 걸 좋아했다. 그녀는 "탐험가가 됐으면 했단다"라고 말하곤 했다. 엄마가 젊은 시절 최고의 순간으로 기억하는 때는 외할아버지가 세운 계획에 따라 보주산맥과 룩셈부르크를 가로질러 도보 혹은 자전거 여행을 했을 때다. 엄마는 꿈꾸던 많은 것을 포기해야만 했다. 자신보다는 남편이 원하는 것을 언제나 우선시해야 했기 때문이다. 엄마는 자기 친구들의 남편들을 아빠가 지루하게 여긴다는 이유로 친구들과 만나는 일을 그만두었다. 아빠는 사교계에 드나들면서 연극 무대에 서는 것만을 좋아했다. 엄마는 아빠를 즐겁게 따라다녔고 사교 생활에 재미를 느꼈다. 하지만 엄마의 미모가 그 세계 사람들이 품은 악의로부터 그녀를 보호해 준 것은 아니었다. 엄마는 시골 출신의 어수룩한 사람이었다. 파리의 사교계에서 엄마의 서투른 모습은 웃음거리였다. 엄마가 거기서 만난 몇몇 여자는 아빠와 관계를 맺었던 자들이었다. 엄마를 두고 그 여자들이 어떤 밀담과 거짓 비방을 일삼았을지 상상이 간다. 아빠는 마지막 애인이었던 화려하고 예쁜 여자의 사진을 책상 서랍 속에 간직하고 있었다. 가끔 남편과 함께 우리 집을 방문하곤 했던 여자였다. 30년이 지난 후 아빠가 엄마에게 웃으면서 말했다.

"당신이 그 사진을 없애 버렸지."

엄마가 아니라고 했지만 아빠는 믿지 않았다. 확실한 건, 심지어 신혼 기간에도 애정 문제나 자존심과 관련해서 엄마가 마음의 상처를 입었다는 점이다. 다혈질이면서 고집 센 성격의 엄마에게 그 상처는 치유되기 힘든 것이었다.

그러고 나서 얼마 후 외할아버지가 파산하고 말았다. 수치스럽다고 생각한 나머지 엄마는 베르됭과의 모든 관계를 끊어 버렸다. 아빠는 약속받았던 지참금을 받지 못했다. 엄마는 아빠가 그 때문에 자신을 냉대한 적이 없다는 점을 높이 샀고, 평생 동안 아빠 앞에서 죄책감을 느끼곤 했다.

그럼에도 불구하고 결혼은 성공적이었다. 그녀를 지극히 사랑하는 두 딸을 낳았고 어느 정도는 유복했으니 말이다. 전쟁이 끝날 때까지 엄마는 자신의 팔자를 불평하지 않았다. 엄마는 따뜻하고 명랑했으며 그녀의 미소는 나를 황홀하게 했다.

아빠의 상황이 바뀌고 경제적 사정이 안 좋아지면서 엄마는 사람을 쓰지 않고 살림을 꾸려 나가기로 결정했다. 그로 인해 불행하게도 엄마는 녹초가 되었고, 살림살이를 도맡아 하는 게 자기 신분에는 어울리지 않는다고 생각했다. 남편을 위해, 그리고 우리를 위해서 스스로를 돌아보지 않음으로써 엄마는 자기 자신을 잊고 살 수 있었다. 그러나 "나 자신을 희생한다"라는 말을 할 때 씁쓸함을 느끼지 않을 사람은 없으리라. 엄마의 모순적인 측면 중 하나는, 헌신의 위대함을 믿으면서도 좋아하는 것과 싫어하는 것에 대한 자신만의 견해와 억제할 수 없는 욕망 역시 지니고 있어서 부당한 대우를 받는 걸 견디지 못했다는 점이다. 엄마는 계속해서 자신에게 가해진 속박과 궁핍에 맞서 나갔다.

밖에서 일하기. 유감스럽게도 당시의 엄마는 20년이 지나고 나서는 받아들이게 될 이 해결책을 채택하길 거부했다. 끈질기고 성실하며 기억력을 좋게 타고난 엄마는 사서나 비서가 될 수도 있었다. 그랬다면 주눅 드는 대신에 자신을 높이 평가할 수 있었을 것이다. 또한 자신만의 관계를 만들어 나갈 수도 있었을 것이다. 자신의 기질에는 전혀 맞지 않는 것이었는데도 불구하고 전통을 좇아 자연스러운 것인 양 받아들였던 예속 상태에서도 벗어날 수 있었을 것이다. 그렇게 했다면 좌절의 경험들을 조금은 더 잘 견뎌 낼 수 있었을 게 분명했다.

아버지를 비난하려는 것은 아니다. 남자란 익숙해진 상대방에게는 더 이상 욕망을 느끼지 못하는 존재라고들 하지 않는가. 엄마가 신혼 시절의 싱그러움을 잃어 감에 따라 아내를 향한 아빠의 열정도 식어 갔다. 열정을 다시 깨우기 위해 아빠는 베르사유 카페의 직업여성이나 스핑크스 술집 여자들의 힘을 빌리곤 했다. 내가 열네댓 살이었을 무렵, 아버지가 아침 8시에 집으로 돌아와서는 술 냄새를 풍기며 브리지나 포커 게임을 했다는 등의 변명을 어색하게 늘어놓던 모습을 여러 번 본 적이 있다. 엄마는 소란을 떨지 않고 아빠를 맞이했다. 거북살스러운 진실을 외면하도록 조련당한 만큼, 엄마는 아빠의 말을 믿었던 듯하다. 그러나 남편의 무관심만큼은 순순히 받아들이지 않았다. 엄마의 경우만 보아도 부르주아의 결혼이 본성을 거스르는 제도라는 걸 충분히 납득할 수 있었다. 손가락에 끼어 있는 결혼반지 덕분에 엄마는 쾌락을 경험할 수 있었다. 그러면서 엄마의 성욕은 점차 커져 갔다. 하지만 한창 나이인 서른다섯 살이 되었을 때 엄마는 더 이상 자신의 성욕을 만족시킬 수 없는 처지에 놓이게 된다. 엄마는 계속해서 사랑하는, 하지만 자신과 더 이상 잠자리를 하려 하지 않는 남자 옆에서 잠을 잤다. 희망을 품고서 기다렸고, 그러면서 자기 자신을 헛되이 소진해 갔다. 이렇게 어정쩡하게 동침하는 것보다는 아예 잠자리를 갖지 않는 게 엄마의 자존심을 덜 상하게 했을 것이다. 엄마의 성격이 변한 것은 놀라운 일이 아니다. 단둘이 있을 때만이 아니라 손님들이 와 있을 때조차 엄마와 아빠는 서로 뺨을 때리고 잔소리를 퍼부었으며 격렬하게 언쟁을 벌였다. "프랑수아즈는 성깔이 보통이 아니야"라고 아빠는 말하곤 했다. 엄마도 자신이 쉽게 울컥하는 성격이라는 걸 인정했다. 하지만 사람들이 "프랑수아즈는 너무 비관적이야!" 또는 "프랑수아즈는 우울해 보여" 등과 같이 말한다는 걸 알게 되자 마음에 깊은 상처를 입고 말았다.

젊은 시절, 엄마는 화장하는 걸 좋아했다. 내 언니 같아 보인다는 말을 들을 때면 얼굴이 밝아지곤 했다. 아빠의 사촌 중 한 명이 엄마의 피아노 반주에 맞춰 바이올린을 연주하곤 했는데, 그럴 때마다 그는 정중한 태도를 보이며 엄마의 마음에 들고자 애썼다. 그런 그가 결혼을 하자 엄마는 그의 아내를 싫어했다.

성생활과 사교 생활이 줄어들자, 엄만 옷을 차려입어야만 하는 중요한 자리일 경우를 제외하고는 몸치장하길 그만두었다. 방학을 맞아 집으로 돌아왔을 때가 기억난다. 엄마가 기차역에서 우리를 기다리고 있었는데 베일이 달린, 벨벳으로 된 예쁜 모자를 쓰고 옅게 화장을 하고 있었다. 그 모습에 반한 내 동생이 "엄마, 멋진 귀부인 같아요!"라고 소리쳤다. 더 이상 우아함을 뽐내지 않게 된 까닭에 엄마는 별다른 생각 없이 웃었다. 엄마는 딸들과 자신의 몸을 깨끗이 하는 데는 거의 관심을 두지 않았다. 수녀원 부속 기숙 학교 시절에 받은 교육으로 인해 엄마가 품게 된 몸에 대한 경멸이 발전한 결과였다. 그런데 또 다른 모순적인 측면 중 하나로 엄마가 다른 사람의 환심을 사고 싶어 하기는 했다는 점을 들 수 있다. 엄만 감언이설에 우쭐하곤 했다. 그런 말을 들을 때면 교태를 부리면서 대답하곤 했다. 아버지의 친구들 중 한 명에게서 "프랑수아즈 드 보부아르 님께, 당신의 인생에 경의를 표하며"라는 헌사가 적힌, 자비로 출간한 책 한 권을 받았을 때는 거드름을 피우기도 했다. 애매모호한 헌사였는데도 말이다. 경의를 표하는 사람이 없을 만큼 존재감 없이 살아온 덕분에 경의를 받을 자격이 있다는 말이었기 때문이다.

육체적 쾌락을 누릴 수도, 허영심을 만족시킬 수도 없는 상황 속에서 지루함과 수치심을 안겨 주는 힘든 일에 얽매여 살아가던 이 자존심 강하고 고집 센 여인은 체념하는 데 있어서는 소질이 없었다. 분노를 터뜨리지 않을 때의 엄마는 마음속 웅얼거림을 시끄러운 소리로 잠재우려는 듯이 쉬지 않고 노래했으며 농담을 하거나 수다를 떨었다. 아빠가 돌아가시고 나서 제르맨 이모가 아빠가 이상적인 남편이었던 건 아니지 않느냐고 넌지시 묻자 엄마는 "그 사람은 항상 나를 행복하게 해 주었어"라고 말하며 이모를 호되게 나무랐다. 그리고 기어코 스스로도 계속해서 이를 사실로 받아들이려 했다. 그럼에도 불구하고 이런 가식적인 낙관주의는 엄마가 품고 있던 갈망을 채우기에는 역부족이었다. 그래서 엄마는 자신에게 주어진 단 하나의 출구에 매달렸다. 자신이 맡게 된 어린 생명에 몰두하는 것이 바로 그 출구였다.

"적어도 난 이기적이었던 적은 단 한 번도 없다. 남을 위해 살았거든."

훗날 엄마는 내게 이렇게 말했다. 그랬다. 하지만 다른 사람들에 의한 삶을 살았던 것 역시 사실이다. 소유욕과 지배욕이 강했던 엄마는 우리를 자신의 손아귀에 완전히 가두어 두려고 했다. 그렇지만 엄마가 우리의 보상을 간절히 바라게 된 바로 그 무렵, 우리는 자유롭게 혼자 지낼 수 있는 시간을 원하기 시작했다. 갈등이 끓어오르다가 폭발했지만, 엄마가 마음의 안정을 되찾는 데 도움이 되지는 않았다.

하지만 엄마는 너무나 끈질긴 사람이었다. 엄마의 의지가 이겼으니 말이다. 집에서는 모든 방문을 열어 두어야만 했고, 나는 엄마가 있는 방에서 엄마가 지켜보는 가운데 숙제를 해야만 했다. 밤중에 나와 동생이 각자 침대에 누워 서로 수다라도 떨라치면, 엄마는 무척이나 궁금해하면서 벽에다 귀를 대고는 "조용히 하거라"라며 소리 질렀다. 엄마는 우리가 수영을 배우는 걸 허락하지 않았고 우리에게 자전거를 사 주겠다는 아빠를 말리기도 했다. 자신이 함께할 수 없는 놀이를 하면서 우리가 자기를 따돌릴 거라 생각했기 때문이다. 우리가 노는 데 엄마가 끼고자 했던 건 그녀에게 놀거리가 별로 없었기 때문만은 아니었다. 아마도 그건 유년 시절까지 거슬러 올라가야 찾을 수 있는 몇몇 이유로 인해, 엄마가 따돌림 당하는 걸 참을 수 없어 했기 때문이었을 것이다. 심지어 우리가 엄마를 달가워하지 않는다는 걸 알면서도 주저하지 않고 자신을 받아들이도록 했다. 라그리예르에서 보낸 어느 날 밤이었다. 나와 동생은 사촌의 친구들과 함께 부엌에 있었다. 손전등을 비춰 가며 잡은 가재를 익혀 먹기 위해서였다. 그때 갑자기 엄마가 나타났다. 그 자리에 낀 유일한 어른이었다.

"내게는 너희랑 같이 밤참을 먹을 권리가 있다."

엄마의 존재가 우리를 얼어붙게 만들었지만 엄마는 계속해서 자리를 지켰다. 얼마 후 동생과 나는 추계 미술전이 열리고 있는 미술관 정문 앞에서 사촌 자크와 만나기로 약속했다. 엄마가 우리를 데리고 갔고 자크는 약속 장소에 나타나지 않았다. "네 어머니를 봤지 뭐야. 그래서 그냥 갔지 뭐"라고 그다음 날 그가 말했다. 엄마의 존재감은 가볍지 않았다. 우리가 친구들을 초대할 때면 "내게는 너희랑 같이 간식을 먹을 권리가 있다"고 말하면서 대화하는 내내 혼자서만 떠들어 댔다. 동생의 경우엔 빈이나 밀라노에 갔을 때, 조금은 공식적이라 할 수 있는 만찬 자리에서 엄마가 대담하게 대화에 불쑥 끼어드는 바람에 자주 곤혹스러워했다.

이렇게 엄마가 거드름을 잔뜩 피워 대면서 남의 모임에 성가시게 끼어든 것은 일종의 복수를 하기 위해서였다. 엄마에게는 자신의 존재를 뚜렷이 드러낼 수 있는 기회가 자주 있지는 않았다. 사람들을 만날 일이 거의 없었고, 아빠와 함께 모임에 참석할 때면 으스대는 건 아빠 쪽이었다.

내게는 권리가 있다.

우리를 짜증나게 했던 이 말은 사실 엄마에게 자신감이 결여되어 있었다는 걸 증명해 보이는 말이기도 했다. 다시 말해, 엄마의 욕망이 그 자체로는 인정받지 못해 왔다는 걸 보여 주는 말인 셈이었다. 자제력이 없고 때로는 심술궂게 굴던 엄마였지만, 제정신일 때는 조심하는 걸 넘어서 공손하기까지 한 태도를 취했다. 사소한 일로 아빠와 부부싸움을 하기는 했다. 그렇지만 아빠에게 감히 돈을 달라고 하지 못했고, 자신을 위해 돈을 쓰지 않았으며 우리를 위해 쓰는 돈도 가능한 한 아끼려고 했다. 엄마는 자기 남편이 날마다 집 밖에서 저녁 시간을 보내고 일요일마다 혼자 외출하도록 얌전히 내버려 두었다. 남편이 죽고 나서 자식들에게 의지해 살아가게 되었을 때는 남편에게 그랬듯이 우리를 조심스럽게 대했다. 우리를 방해하지 않겠다는 듯한 태도였다. 자식 신세를 지게 된 그녀가 우리에게 애정을 표현할 수 있는 방법이 달리 없었던 까닭이다. 우리를 돌보고 있다는 이유로 우리에게 가했던 횡포를 정당화했던 예전과는 사뭇 다른 양상이었다.

우리를 향한 엄마의 사랑은 절대적이면서도 깊은 것이었다. 엄마의 사랑을 받을 때마다 우리가 느끼곤 했던 괴로움에는 이 사랑이 지닌 이러한 갈등적인 측면이 드러나 있었다. 엄마는 누군가 자신을 책망하거나 비난하면 20년 혹은 40년 동안이나 곱씹어 생각할 만큼 너무나 쉽게 상처를 입는 성격을 지니고 있었던지라, 지나치게 솔직하게 말하거나 서투르게 비꼬아 가면서 말하는 등의 몇몇 공격적인 방식으로 마음속에 막연하게 품고 있던 원망을 표현하곤 했다. 엄마는 자주 우리에게 심통을 부렸는데, 우리를 일부러 못살게 굴기 위해서였다기보다는 자기도 모르게 그랬던 듯하다. 즉 우리를 불행하게 만들고 싶어서가 아니라 우리가 자신의 지배하에 놓여 있다는 걸 증명하고 싶어서 그랬던 것이다. 내가 방학을 맞아 자자네 집에 머무는 동안 동생이 내게 편지를 보낸 적이 있었다. 그 애는 청소년 특유의 화법을 동원해서 내게 자기의 마음과 영혼에 대해, 그리고 자신이 처한 문제들에 대해 털어놓았다. 나는 동생에게 답장을 보냈다. 그런데 엄마가 그 편지를 뜯어보고는 동생 앞에서 큰 소리 내어 읽으면서, 그 애가 내게 털어놓은 속내 이야기를 비웃는 일이 벌어졌다. 분노로 경직된 푸페트는 경멸감을 드러내면서 엄마가 입을 다물도록 했고 그녀를 절대로 용서치 않겠다고 선언했다. 엄마는 흐느껴 울면서 푸페트와 화해시켜 달라고 부탁하는 편지를 내게 보냈다. 나는 그렇게 했다.

엄마가 자신의 영향력 아래에 두고 싶어 했던 이는 특히 내 동생이었다. 그래서 엄마는 나와 동생의 사이가 좋은 것을 시기했다. 내가 더 이상 하느님을 믿지 않는다는 걸 알게 되었을 때 엄만 분노에 차 동생에게 "네가 언니의 영향을 받지 않도록 할 테다. 내가 널 지켜 낼 거야!"라고 소리 지르기도 했다. 엄마는 방학 동안 우리 단둘이 만나지 못하게 했다. 그래서 우린 밤나무숲에서 몰래 만나곤 했다. 이러한 질투심으로 엄만 평생을 괴로워했고, 엄마가 돌아가시던 바로 그날까지 우린 우리끼리 만나곤 한다는 사실을 숨기려는 습관을 간직하게 되었다.

하지만 우리는 엄마의 뜨거운 사랑으로 인해 자주 감동을 받기도 했다. 푸페트가 열일곱 살이 되었을 무렵, 아빠와 아빠의 가장 친한 친구인 아드리앵 아저씨 사이가 푸페트로 인해 틀어진 적이 있었다. 그때 엄마는 여러 달 동안 딸에게 말을 걸지 않는 아빠에게 맞서 완강하게 푸페트 편을 들어주었다. 두 번째로는 아빠가 그림 실력을 살려 돈벌이를 할 생각은 않고 집에 얹혀사는 동생을 비난하면서 돈 한 푼 주지 않고 끼니 정도만 거르지 않게 해 준 적이 있었다. 그러자 엄마는 동생을 지지하면서 그 애를 도울 수 있는 방편을 마련하기 위해 최선을 다했다. 내 경우, 아빠가 돌아가신 직후인지라 한숨을 쉬는 것만으로도 나를 자기 곁에 붙들어 둘 수 있는 상황이었는데도 불구하고, 친구와 여행을 떠날 결심을 하도록 나를 격려해 준 엄마의 너그러운 마음을 잊지 못한다.

처세에 서툴렀던 엄마는 그로 인해 다른 사람과의 관계를 망치곤 했다. 그중에서도 내게서 동생을 떨어뜨려 놓기 위해 애쓰던 모습이야말로 가장 딱해 보였다. 엄마는 내 사촌 자크에게 결혼 전 한때 좋아했던 그 애의 아버지를 향한 애정의 일부분을 쏟아 넣었는데, 자크가 렌 거리에 있던 우리 집에 방문하는 일이 뜸해지자 엄마는 그 애가 올 때마다 매번 면박을 주었다. 재미있으라고 한 엄마의 말에 자크는 짜증을 냈다. 그래서 그가 우리 집에 오는 일이 더 뜸해지고 말았다. 내가 할머니 집으로 거처를 옮겼을 때는 엄마의 눈에 눈물이 맺혔다. 하지만 고맙게도 눈물바다를 이루는 상황까지 가지는 않았다. 엄마는 그런 상황을 만드는 걸 언제나 경계했기 때문이다. 하지만 그해 내가 집에서 저녁을 먹을 때면 항상 엄마는 내가 가족들에게 무심하다며 불평을 늘어놓곤 했다. 사실 내가 집에 상당히 자주 들르는 편이었는데도 말이다. 자존심 때문에, 그리고 스스로 정해 놓은 원칙 때문에 엄마는 무언가를 요구하는 법이 없었다. 하지만 그러고 나서는 돌려받는 게 너무 적다며 불평을 늘어놓곤 했다.

엄마는 그 누구에게도 자신이 처한 어려움을 털어놓을 줄 몰랐다. 심지어 자기 자신에게마저도. 자신을 명확하게 직시하거나 스스로 판단하는 법을 배운 적이 없는 탓이었다. 엄마는 권위 있는 사람들 뒤에 숨어서 자신을 보호해야만 했다. 하지만 그렇다고 해서 엄마가 존경하는 사람들의 의견이 서로 일치하는 것도 아니었다. 우아조 학교의 원장 수녀님과 아빠 사이에 의견 일치가 이루어진 적이 거의 없었듯 말이다. 내가 이러한 대립을 경험한 것은 지적으로 성장하고 나서가 아니라 성장하는 과정 중에서였다. 유년 시절에 이를 겪은 덕분에 나에게는 엄마가 지니지 못했던 자신감이 있었다. 엄마는 내가 겪은 이러한 논쟁의 과정을 경험하지 못했다. 그래서 나와는 달리 모든 사람과 견해를 같이하는 편을 택했다. 그러고 나서는 마지막에 말하는 사람의 말이 옳다고 여기곤 했다. 엄마는 책을 많이 읽었다. 그러나 기억력이 좋았음에도 불구하고 거의 모든 내용을 잊어버리곤 했다. 정확한 지식에 입각해 입장을 명확히 하면, 상황에 따라 입장을 번복해야만 할 경우에 그렇게 하지 못하리라 생각해서였을 것이다. 심지어 아빠가 돌아가신 후에도 엄마는 명확한 입장을 취하지 않기 위해 조심했다. 당시 엄마는 이러한 생각에 더 부합하는 사람들과 자주 만났다. 엄마가 교조주의자들에게 반대하고 양식 있는 가톨릭 신자들의 의견에 동조한 것은 그래서였다. 하지만 그렇다고 해서 엄마가 오직 이러한 입장을 지닌 사람들과만 관계를 맺었던 것은 아니다. 게다가 엄마는 내가 신을 믿지 않았는데도 불구하고 여러 가지 측면에서 나의 의견을 존중했다. 마찬가지로 동생과 리오넬의 의견까지도 존중했다. 엄마는 우리에게 자신이 "바보"처럼 비춰질까 봐 걱정했다. 그래서 머릿속을 계속해서 모호한 상태로 유지하려고 하면서 절대로 놀라는 법 없이 모든 말에 "응, 응" 하고 대답하곤 했다. 엄마가 어느 정도의 일관성을 갖추게 된 것은 말년에 이르러서였다. 하지만 희로애락 속에서 인생의 가장 거친 풍파를 겪어야 했던 시절의 엄마에게는 자기 삶을 합리적으로 설명할 수 있는 의견도, 생각도, 언어도 없는 상태였다. 엄마가 질겁하면서 불안해하는 증상을 보이게 된 건 바로 그 때문이었다.

자기 생각을 스스로 반박해 보는 경험을 통해 우리는 자주 많은 걸 얻게 된다. 하지만 어머니는 전혀 다른 경험을 했다. 자신의 뜻을 거스르며 살았던 것이다. 다양한 욕망을 품고 있었지만 그것을 참아 내기 위해 엄마는 온 힘을 쏟아야 했고, 그 과정에서 분노를 느껴야만 했다. 엄마는 유년 시절 내내 규범과 금기라는 갑옷을 두른 채 몸과 마음, 정신을 억압당했다. 그리고 스스로를 끈으로 옭아매도록 교육받았다. 그런 엄마의 내면에는 끓어오르는 피와 불같은 정열을 지닌 한 여인이 살아 숨 쉬고 있었다. 그러나 그 여인은 뒤틀리고 훼손된 끝에 자기 자신에게조차 낯선 존재가 되어 버린 모습이었다.

III

잠에서 깨자마자 동생과 통화를 했다. 한밤중에 엄마가 의식을 되찾았다고 했다. 수술을 받았다는 걸 알고 있으며 그로 인해 크게 놀란 것 같지는 않다고 했다. 나는 택시를 탔다. 매번 오고가던 길이었다. 햇살이 따사롭고 하늘은 푸른, 여느 때와 같은 가을날이었으며 같은 병원을 향해 가고 있었다. 하지만 그곳에서 내가 맞이하게 될 문제만은 달랐다. 회복기에 들어선 환자가 아니라 임종 직전의 환자를 보러 가는 것이었기 때문이다. 전에 병원에 올 때면 그리 특별할 것 없는 시간을 보냈다. 그래서 무심하게 대기실을 통과하곤 했다. 비극은 닫혀 있는 저 문들 뒤에서 벌어지고 있을 뿐, 문 밖으로 새어 나오지는 않았다. 그런데 이제는 내게 닥친 비극이 되고 말았다. 나는 될 수 있는 한 빨리, 하지만 동시에 가능한 한 천천히 계단을 올라갔다. 이제 병실 문에는 **"면회 금지"**라는 문구가 적힌 팻말이 걸려 있었다. 방 안의 풍경도 바뀌어 있었다. 침대는 전날 밤과 마찬가지로 양쪽 측면이 잘 정리된 상태로 놓여 있었다. 사탕과 책은 벽장 속에 가지런히 놓여 있었다. 구석에 있는 커다란 탁자 위에는 더 많은 꽃이 꽂혀 있었다. 하지만 거기에는 플라스크와 둥근 모양의 실험용 컵, 그리고 시험관 역시 놓여 있었다. 엄마는 잠이 들어 있었는데, 코에 음식물 주입용 관을 끼고 있지 않아서인지 보는 게 덜 고통스러웠다. 그러나 위와 장으로 연결된 병과 관이 침대 밑에 놓여 있는 게 보였다. 왼쪽 팔은 링거 병과 연결되어 있었다. 엄만 이제 옷을 전혀 걸치고 있지 않았다. 환자복이 마치 이불처럼 벗은 가슴과 어깨를 덮고 있었다. 새로운 인물이 있었는데 앵그르의 초상화에 등장하는 우아한 여인의 모습을 한 특수 간병인인 르블롱 씨였다. 그녀는 푸른색 덮개를 머리에 두르고 흰색 천으로 발을 감싸고 있었다. 르블롱 씨는 링거 병을 살펴보더니 혈장을 희석하기 위해 그 유리병을 흔들었다. 동생이 몇 주 혹은 몇 달 동안 생명을 연장하는 게 불가능하지는 않다고 한 의사들의 말을 전했다. 그리고 B교수에게 이렇게 물었다고 했다.

"그런데 다른 부위에 통증이 재발하면 엄마에게 뭐라고 말씀드려야 하죠?"

"걱정하지 않으셔도 됩니다. 방법을 찾을 테니까요. 우리는 언제나 방법을 찾아내 왔습니다. 게다가 환자분께서는 보호자분 말이라면 언제나 믿지 않으셨습니까."

엄마는 오후에 눈을 떴다. 알아듣기는 힘들었지만 의식이 또렷한 상태로 말을 했다. 내가 말했다.

"있잖아요 엄마, 다리가 부러졌어요. 그리고 맹장염 때문에 수술을 했어요!"

엄마는 손가락을 들고는 상당히 자신감 있는 말투로 속삭였다.

"맹장염이 아니다. 복-막-염이지."

그러고는 덧붙였다.

"얼마나 다행이냐……. 여기 있어서."

"제가 여기 있으니 좋으세요?"

"아니. 내가 여기 있어서 다행이라고."

이 병원에 있었던 덕분에 복막염에 걸렸는데도 살아났다고 생각하는 것이었다! 배신의 시작이었다.

"음식물 주입관을 더 꽂고 있지 않아도 된다니 얼마나 다행스러운 일이냐. 너무나도 좋구나!"

전날 밤 배를 부풀어 오르게 했던 배설물을 빼내고 나니 엄마는 더 이상 고통스러워하지 않았다. 머리맡에 두 딸이 함께 있다는 사실에도 안도감을 느끼는 듯했다. N박사와 P박사가 들어왔을 때 엄마는 만족스럽다는 듯이 그들에게 "난 버림받지 않았다우"라고 말했다. 그러고 나서는 눈을 감았다. 의사들이 서로 의견을 주고받았다.

"환자분께서 이렇게 빨리 회복하시다니 정말 놀라운 일입니다! 대단합니다!"

사실이었다. 수혈을 받고 링거액을 맞은 덕분에 엄마의 얼굴은 원래 색을 되찾은 상태였고 건강해 보였다. 지난밤 이 침대

위에 누워 고통으로 신음하던 가련한 생명체가 여인의 모습으로 되돌아온 것이었다.

엄마에게 샹탈 부인이 가져온 낱말 맞추기 책을 보여 드렸다. 엄마는 "두꺼운 라루스 사전을 한 권 가지고 있다우. 새것인데 낱말 맞추기를 하려고 직접 산 거라우"라며 간병인에게 떠듬떠듬 말을 건넸다. 라루스 사전은 최근 들어 엄마가 좋아하는 것들 중 하나였다. 그걸 사기 전에 엄마는 내게 그 사전에 대해 오랫동안 이야기한 적이 있는데, 내가 사전을 들여다볼 때마다 엄마의 얼굴이 환해지곤 했다. 나는 엄마에게 "사전을 가져다 드릴게요"라고 말했다.

"그래 주겠니. 그리고 『누벨 외디프』란 잡지도 가져다주렴. 통 찾을 수가 없더구나……."

힘겹게 숨을 쉬면서 내뱉은 말을 알아듣기 위해서는 엄마의 입에다가 귀를 가져다 대야만 했다. 그건 마치 신탁처럼 듣는 이를 불안하게 만드는 이해하기 힘든 말이었다. 어린애 같은 엄마의 목소리와 임박해 온 죽음으로 인해 엄마의 기억과 생각, 그리고 걱정 근심이 비현실적이고도 마음을 먹먹하게 만드는 꿈으로 변해 시간을 초월한 상태로 떠다니고 있었다.

엄마는 잠을 많이 잤다. 가끔 스포이트로 물 몇 방울을 삼키곤 했다. 간병인이 입에 대 준 손수건에는 가래를 뱉어 냈다. 저녁에 엄마가 기침을 하기 시작했다. 로랑 씨가 엄마의 소식을 듣기 위해 들렀다가 엄마를 일으켜 마사지를 해 가래를 뱉어 내도록 도와주었다. 엄마는 그녀에게 환한 미소를 지어 보였다. 나흘 만에 처음으로 보인 미소였다.

푸페트가 밤에는 자기가 병상을 지키겠다며 이렇게 말했다.

"언니는 아빠와 할머니가 돌아가시는 걸 보았잖아. 난 그때 멀리 있는 바람에 그럴 수 없었고. 그래서 엄마만은 내가 맡고 싶어. 엄마 곁에 있고 싶기도 하고."

나는 그러라고 했다. 엄마가 놀랐다.

"왜 여기서 자려는 게냐?"

"리오넬이 수술을 받았을 때도 병실에서 잤는걸요. 늘상 그렇게 하는 거예요."

"그래, 그렇게 하렴!"

나는 감기 기운 때문에 열이 나는 상태로 집에 돌아왔다. 난방이 과한 병원을 나와서 갑자기 습한 가을 공기를 마신 탓에 감기에 걸린 모양이었다. 약에 취해 잠이 들었다. 전화기는 통화가 가능한 상태로 해 두었다. 엄마의 상태가 언제 꺼질지 모를 촛불 같다는 의사들 말을 들은 터라, 아주 사소한 위급 상황까지도 동생이 전화로 알려 주기로 했기 때문이다. 전화벨 소리에 놀라 잠에서 깼다. 새벽 4시였다. '돌아가셨구나'라고 생각하며 수화기를 집어 들자 낯선 목소리가 들려 왔다. 잘못 걸려 온 전화였다. 동이 틀 무렵에야 다시 겨우 잠이 들었다. 아침 8시 반에 다시 전화기가 울렸다. 나는 서둘러 전화를 받았다. 그다지 중요하지 않은 전화였다. 영구차 색깔을 한 전화기가 꼴도 보기 싫었다.

"어머니께서 암에 걸리셨습니다."

"어머니께서 오늘 밤을 넘기지 못하실 듯합니다."

언젠가는 전화기의 지직대는 소리를 타고 이 말 역시 내 귀에 들릴 것이다.

"돌아가셨습니다."

병원의 정원을 가로질러 로비로 들어갔다. 공항에 들어선 듯했다. 낮은 탁자, 현대적인 소파, 인사말을 주고받으면서 서로 포옹하는 사람들, 대기 중인 다른 이들, 가방, 온갖 짐, 꽃병에 꽂혀 있는 꽃, 도착한 승객들을 환영하기 위해 준비한 것과 똑 닮은 셀로판지로 포장한 꽃다발…… 그러나 그들의 얼굴과 속삭임에는 무언가 석연치 않은 기운이 감돌고 있었다. 그리고 가끔은 대기실 안쪽에 있는 문의 열린 틈으로 온통 하얀 옷을 입은 사람이 실내화에 피를 묻힌 채 모습을 드러내기도 했다. 나는 한 층 위로 올라갔다. 왼편에는 병실과 간호사실, 그리고 사무실이 위치한 기다란 복도가 있었다. 오른편으로는 네모난 입구가 있었고, 입구 앞에는 긴 의자와 하얀색 전화기가 놓인 책상이 있었다. 입구의 한쪽은 대기실로, 다른 한쪽은 114호실로 연결되어 있었다. 114호실에 **면회 금지** 팻말이 걸려 있는 게 보였다. 114호실 문 뒤로 짧은 통로가 나 있는 게 보였다. 통로 왼편에는 오물용 대야, 작은 용기, 솜, 유리병이 놓인 화장실이 있었고, 오른편에는 엄마의 물건들이 정리되어 있는 벽장이 있었다. 옷걸이에는 장밋빛 실내용 덧옷이 먼지로 더러워진 채 걸려 있었다. '저 옷을 더 이상 보고 싶지 않아'라고 생각하며 중문을 밀고 들어갔다. 전에는 무엇이 있는지 보지 않고 이곳을 지나가곤 했다. 이제는 이것들이 내 삶의 일부로 영원히 남게 되리라는 걸 안다.

"몸 상태가 아주 좋아."

엄마가 내게 말했다. 그러고는 장난치듯 이렇게 덧붙였다.

"어제 의사들끼리 하는 이야기를 들었는데 말이다, 대단하다고들 하더구나."

대단하다는 말이 엄마를 기쁘게 한 모양이었다. 마치 회복을 보장하는 마법의 주문이라도 된다는 듯이 엄마는 진지하게 자주 그 말을 입에 올렸다. 하지만 엄마는 자신이 아직도 쇠약하다고 느끼고 있었다. 그래서인지 아주 사소한 일이라도 수고를 요하는 건 절대적으로 피하려 들었다. 엄마는 링거액으로 영양분을 섭취하며 남은 생을 보낼 수 있기를 꿈꿨다.

"앞으로는 음식을 절대 먹지 않을 테다."

"그게 어떻게 가능해요! 먹는 걸 그렇게 좋아하는 양반이."

"싫다. 앞으로는 먹지 않을 게야."

르블롱 씨가 엄마의 머리카락을 빗겨 주기 위해 빗과 브러시를 들고 오자 엄마는 위압적인 태도로 이렇게 명령했다.

"머리칼을 잘라 주시구려."

우리가 반대하자 "너희 때문에 피곤하구나. 어서 잘라 주세요"라고 말했다. 엄마는 이상하리만큼 완강하게 고집을 부렸다. 마치 머리카락을 팔아 영원한 안식을 사고자 하는 것처럼 보였다. 르블롱 씨가 조심스럽게 엄마의 땋은 머리를 풀고는 엉클어진 머리카락을 빗어 내렸다. 그러고는 머리카락을 한 줄로 땋고

돌돌 말아 은빛 머리 타래를 만든 뒤 핀으로 고정했다. 그러자 긴장이 풀린 엄마의 얼굴이 놀랄 정도로 청순해 보였다. 아주 아름다운 여인을 그린 레오나르도 다빈치의 그림 하나가 생각났다.

"레오나르도 다빈치 그림에 나오는 여자처럼 예쁘세요."

내가 이렇게 말하자 엄마가 웃으며 말했다.

"옛날엔 내 미모도 괜찮은 편이었지."

그러면서 약간은 나직한 목소리로 간병인에게 이렇게 털어놓았다.

"머릿결이 하도 고와서 머리띠를 두르고 다녔다우."

그러고 나서는 자신의 이야기를 들려주기 시작했다. 어떻게 도서관 사서 자격증을 따게 되었는지, 책을 얼마나 사랑하는지 등에 대해. 르블롱 씨는 혈청이 든 병을 준비하면서 그 말에 대꾸해 주었다. 그 투명한 액체가 포도당과 염분을 섞어 놓은 것이라고 르블롱 씨가 설명해 주었다. 나는 "진짜 칵테일이네요"라고 말했다.

하루 종일 우리는 온갖 계획을 늘어놓으면서 엄마의 혼을 쏙 빼놓았다. 엄마는 눈을 감은 채 우리 이야기를 들었다. 동생과 그 애의 남편이 알자스 지방에 낡은 농가를 한 채 구입했는데 손볼 게 많은 모양이었다. 건강을 회복할 때까지 그 집의 커다란 방 하나를 혼자 쓸 수 있도록 엄마에게 내어 드릴 참이라고 했다.

"그런데 내가 오래 있으면 리오넬이 귀찮아하지 않을까?"

"그럴 일은 절대 없을 거예요."

"그래, 거기에서 내가 너희를 귀찮게 할 일은 없을 게야. 샤라슈베르그에임에 있을 때는 집이 너무 좁아서 너희에게 폐를 끼쳤지."

우리는 메리냑에 머물렀던 일에 대해서 이야기를 나누었다. 그곳에서 엄마는 아가씨 시절의 추억을 되찾았다. 그리고 몇 년 전부터는 그 추억을 아름답게 포장해 내게 열정적으로 들려주곤 했다. 엄마는 잔을 무척 좋아했다. 잔의 다 큰 세 딸은 모두 예쁘고 생기발랄하고 쾌활했는데, 다들 파리에 살고 있던 터라 엄마를 보러 상당히 자주 병원에 들르곤 했다. "내게는 손녀딸이 없고 걔네들한테는 할머니가 없으니 내가 그 애들의 할머니인 셈이라우" 하고 엄마는 르블롱 씨에게 설명했다. 엄마가 조는 사이 나는 신문을 읽고 있었다. 그런데 엄마가 눈을 뜨더니 "사이공은 어떻게 되었다니?" 하고 내게 물었다. 나는 엄마에게 사이공의 상황에 대해 이야기해 주었다. 한번은 엄마가 농담 섞인 화난 말투로 "비겁하게 나도 모르게 수술을 하다니!"라고 말하더니, P박사가 들어오자 생글거리며 "날 골탕 먹인 그 양반이로구먼!"이라고 말했다. 그가 엄마 곁에 잠시 머물며 "배우는 데는 나이가 따로 없습니다"라고 말하자 조금은 진지한 어조로 엄마가 이렇게 답했다.

"그렇지요. 나도 내가 복막염에 걸렸다는 걸 배웠으니 말이우."

나는 엄마에게 농담을 던졌다.

"아무리 그래도 엄마는 흔치 않은 경우에 속해요. 대퇴골 골절을 치료하려 왔다가 복막염 수술을 하다니요!"

"맞는 말이다. 나는 흔한 여자가 아니야."

다음과 같은 착각에 빠져 며칠 동안 즐거워하기도 했다.

"내가 B박사를 속인 셈이야. 그 사람에게 대퇴골 수술을 받았어야 했는데, 정작 복막염으로 P박사에게 수술을 받았으니 말이다."

그날 우리는 아주 사소한 즐길 거리에도 관심을 보이는 엄마의 모습에 감동했다. 일흔여덟 살의 나이에 삶이 안겨 주는 경이로움에 새롭게 눈을 뜬 듯한 모습이었다. 간병인이 베개를 정돈하던 중 금속관으로 엄마의 허벅지를 건드리는 일이 발생하자 엄마는 "시원하니 기분이 좋네요"라고 말했다. 화장수나 땀띠약 냄새를 맡으면서는 "향기가 좋네"라고 말하기도 했다. 바퀴 달린 이동식 탁자 위에 꽃다발이나 꽃병을 올려놓게 하고는 "붉은색 작은 장미는 메리냑에서 가져온 거야. 메리냑에는 아직도 장미가 남아 있는 게로구나"라고 말했다. 우리에게 창을 가리고 있던 커튼을 걷어 달라고 하고서는 창문 너머 금빛으로 물든 나뭇잎을 바라보면서 "예쁘구나. 집에 있었더라면 보지 못했겠지"라고 말하기도 했다. 그러고는 미소를 지었다. 그 모습을 지켜보면서 동생과 나는 같은 생각을 했다. 우리의 유년기를 환하게 밝혀 준 미소를, 젊은 여인의 눈부신 미소를 다시 보는 것 같다는 생각을. 그 미소가 사라진 건 언제쯤이었을까?

"만약 엄마가 이렇게 단 며칠만이라도 행복하게 지낼 수만 있다면, 생명을 연장하려고 애써 볼 필요가 있다는 생각이 들어"

라고 푸페트가 내게 말했다. 그렇다면 그에 대한 대가로 치러야 하는 건 무엇일까?

'꼭 시체 안치소 같아.' 그다음 날 난 생각했다. 무거워 보이는 푸른색 커튼이 창문을 가리고 있었다(블라인드가 고장이 나는 바람에 그걸 내릴 수 없었는데, 이전까지 엄마는 햇빛이 들어오는 걸 불편해하지 않았다). 빛이 희미하게 들어오는 가운데 엄마가 두 눈을 감고 누워 있었다. 내가 손을 잡자 엄마가 웅얼거렸다.

"시몬이구나. 그런데 네가 보이질 않아!"

푸페트는 집으로 돌아갔고 나는 탐정 소설을 읽었다. 가끔 엄마가 한숨지으며 말했다.

"정신이 맑지 않아."

엄마는 P박사에게 하소연했다.

"혼수상태에 빠진 것 같소만."

"혼수상태에 빠지신 거라면 그런 상태인 것조차 모르실 겁니다."

이 대답에 엄마는 안심했다. 잠시 후 생각에 잠긴 말투로 엄마가 내게 말했다.

"내가 큰 수술을 받긴 했나 보다. 심각한 수술을 받은 환자인 게야."

내가 한술 더 뜨면서 맞장구치자 엄마는 조금씩 평정을 되찾았다. 그 전날 저녁에 꿈을 꾼 엄마는 눈을 뜨자마자 내게 꿈 이야기를 들려주었다.

"방 안에 남자들이 있었는데, 파란색 옷을 입은 무섭게 생긴 사람들이었어. 나를 데리고 가서는 칵테일을 마시게 하려 하더구나. 네 동생이 그 남자들을 쫓아내 버렸지……."

칵테일이라는 단어는 르블롱 씨가 준비한 혼합 액체를 보고 내가 입에 올린 말이었다. 그때 르블롱 씨는 푸른 모자를 쓰고 있었다. 그리고 남자들은 엄마를 수술실로 데리고 갔던 간호사들이었다.

"그래, 아마 그럴 테지……."

엄마는 내게 창문을 열어 달라고 했다.

"신선한 공기를 마시니 참 좋구나."

새들이 지저귀고 있었다. 엄마는 감탄하며 "새들이로구나!"라고 말했다. 내가 병실을 떠나기 전 엄마는 이렇게 말했다.

"이상하기도 하지. 왼쪽 뺨에서 노란빛이 느껴져. 마치 뺨 위에다가 노란색 종이를 대고 있는 듯하구나. 노란색 종이에서 새어 나오는 예쁜 빛이 맘에 드는구나."

나는 P박사에게 물었다.

"수술은 그 자체로 성공적으로 끝난 거죠?"

"장의 운반 기능이 회복된다면 성공적이라 할 수 있을 겁니다. 지금으로부터 이틀이나 사흘 뒤면 알게 되겠죠."

나는 P박사에게는 호감이 있었다. 그는 잘난 척하지 않았고 엄마와 대화를 나눌 때면 엄마를 인격적으로 대해 주었으며 나의 질문에도 성심성의껏 답해 주었다. 반면 N박사와는 사이가 좋지 않았다. 세련되고 소란스럽고 활달하며 자기 솜씨에 도취

된 그는 엄마를 회복시키는 일에 열성적으로 임했다. 하지만 그에게 엄마는 사람이 아니라 흥미를 불러일으키는 일개 실험 대상에 불과했다. 우리는 그가 무서웠다. 엄마에게는 연로하신 친척이 한 분 계셨는데, 여섯 달 전부터 혼수상태에 빠져 있었다. 엄마는 "사람들이 내 생명을 그런 식으로 연장하려 하거든 허락해서는 안 된다. 끔찍하기도 하지!"라고 우리에게 말했다. 만약 N박사가 엄마를 실험 대상으로 삼아 기록이라도 세울 작정을 하고 있는 거라면, 그는 위험한 적이나 진배없었다.

일요일 아침에 마음이 상한 푸페트가 내게 이렇게 말했다.

"그 사람이 자는 엄마를 왔다 갔다 해 보라면서 깨우지 뭐야. 특별히 알아 낸 것도 없었는데 말이지. 도대체 그 사람은 왜 엄마를 괴롭히는 건데?"

나는 지나는 길에 N박사를 불러 세웠다. 그쪽에서 내게 말을 거는 경우는 단 한 번도 없었다. 나는 그에게 다시 한 번 부탁했다.

"어머니를 괴롭히지 말아 주세요."

그러자 그가 마치 모욕당했다는 듯한 말투로 이렇게 답했다.

"저는 어머니를 괴롭히고 있는 게 아닙니다. 해야 할 일을 하고 있는 것뿐입니다."

푸른색 커튼을 걷어 올리자 방이 조금은 밝아졌다. 엄마는 선글라스를 사다 달라고 했었다. 내가 방에 들어가자 엄마가 선글라스를 벗으며 "아! 오늘은 네가 보이는구나!"라고 말했다. 기분이 좋아 보였다. 조용한 목소리로 엄마가 내게 물었다.

"말 좀 해 보거라. 내 오른쪽 얼굴이 아직 붙어 있는 거냐?"

"무슨 말씀이세요? 당연하죠."

"그런데 이상하구나. 어제 안색이 좋다는 말을 들었는데 왼쪽 얼굴만 안색이 좋은 것 같다는 생각이 들어서 말이다. 내 보기에 오른쪽 얼굴은 완전히 회색빛인 듯해. 심지어 오른쪽 얼굴이 더 이상 붙어 있지 않는 듯했어. 몸이 둘로 쪼개진 듯한 기분이 들었어. 지금은 좀 괜찮아졌다만."

나는 엄마의 오른쪽 얼굴을 만져 보았다.

"내가 만지는 게 느껴지세요?"

"느껴져, 하지만 꿈속인 듯싶구나."

이번엔 왼쪽 얼굴을 만지니 "그래, 그건 진짜 같구나"라고 엄마가 말했다. 대퇴부 골절과 외상을 입고 붕대를 감고 있는 쪽, 음식물 주입관을 꽂고 있는 쪽, 그리고 계속해서 링거액을 맞고 있는 쪽 모두 왼쪽이었다. 그래서 몸의 오른쪽 부분이 사라졌다고 생각하게 된 걸까?

"안색은 아주 좋으세요. 의사들이 엄마의 상태에 만족하고 있어요."

내가 힘주어 이렇게 말하자 엄마는 "모든 의사가 그런 건 아니지. N박사는 만족해하지 않고 있거든. 내가 자기 앞에서 방귀를 뀌었으면 하더라고"라고 답하고는 혼자 웃었다.

"여기서 나가게 되면 N박사에게 초콜릿 한 상자를 보내 줘야겠구나."

의료용 공기 매트로 피부를 마사지하고 무릎 사이에는 쿠션을 끼워 주었으며, 침대 시트를 받침대로 들어 올려 시트가 무릎에 닿지 않도록 조치했다. 발뒤꿈치도 매트리스 커버에 닿지 않도록 했다. 하지만 이러한 조치에도 불구하고 욕창이 엄마의 몸을 뒤덮기 시작했다. 엉덩이는 관절증으로 인해 마비되었고 오른쪽 팔은 반쯤 못 쓰게 된 상태였으며 왼쪽 팔에는 링거 병이 연결되어 있었다. 그로 인해 엄마는 전혀 거동할 수 없게 되었다.

"나를 일으켜 다오."

엄마가 내게 부탁했다. 혼자서는 엄마를 일으킬 엄두가 나지 않았다. 엄마의 벗은 몸을 보는 것은 더 이상 거북하지 않았다. 이제 그건 엄마가 아니라 고통받고 있는 가련한 몸뚱이에 불과했으니까. 내가 주저했던 이유는 엄마의 몸을 덮고 있는 가제 밑에 무엇인지 상상할 수조차 없는 정체 모를 끔찍한 무언가가 있다는 걸 예감했기 때문이었다. 엄마를 아프게 할까 봐 겁이 났기 때문이기도 했다. 그날 아침에는 관장을 또 해야 했기 때문에 르블롱 씨는 내 도움을 필요로 했다. 나는 겨드랑이 밑으로 손을 집어넣어 축축하고 파리한 살갗으로 뒤덮인 엄마의 앙상한 몸뚱이를 붙들었다. 우리가 옆으로 누이자 엄마는 얼굴을 찡그리고 눈을 희번덕거리면서 "떨어질 것 같아"라고 우는 소리를 했다. 지난번에 넘어졌던 기억이 떠오른 모양이었다. 내가 머리맡에 서서 몸을 붙잡고는 엄마를 안심시켰다.

우리는 엄마를 다시 반듯이 누이고 베개를 잘 받쳐 주었다. 잠시 후 엄마가 "방귀가 나왔다!"라며 소리쳤다. 그리고 얼마 지나지 않아 "빨리 대야를 가져오너라!"라고 요구했다. 르블롱 씨와 적갈색 머리칼을 한 간호사 한 명이 대야 위에 앉히려 하자 엄마가 비명을 질렀다. 멍이 든 엄마의 살갗과 거칠게 번뜩이는 금속성 대야를 보면서 나는 그들이 엄마를 칼날 위에 눕히고 있다는 느낌을 받았다. 두 여자는 대야에 앉히려고 엄마를 잡아당겼다. 특히 적갈색 머리칼을 한 간호사가 엄마를 거칠게 다루었다. 고통으로 몸이 굳어진 엄마는 비명을 질렀다.

"그만하시죠! 어머니를 내버려 두세요!"

나는 이렇게 말하고는 간호사들과 병실 밖으로 나갔다.

"어쩔 수 없잖아요! 그냥 이불에다가 볼일을 보게 하세요."

"하지만 어머니께서 너무나 창피해하실 거예요! 환자들은 창피당하는 걸 참을 수 없어 해요"라며 르블롱 씨가 항의했다. 이번에는 적갈색 머리칼을 한 간호사가 말했다.

"더군다나 피부가 습해지면 욕창이 악화될 거예요."

"당신이 어머니의 옷을 바로 갈아입혀 드리면 되겠네요."

나는 엄마 곁으로 돌아왔다.

"그 머리칼이 뻘건 여자 말이다, 못돼먹었더구나."

어린애 같은 목소리로 엄마가 울먹이며 말했다. 그러더니 속상하다는 듯 이렇게 덧붙였다.

"그렇다 해도 내가 그렇게 민감한 사람인 줄은 몰랐다."

"엄마가 민감하신 게 아니에요"라고 대답하고 나서 나는 이렇게 말했다.

"대야 없이 용변을 보시면 되죠 뭐. 간호사들이 침대 시트를 갈아 줄 테니까요. 어려울 거 없어요."

"알겠다."

엄마가 말했다. 그러고 나서는 눈을 찡그린 채 단호해 보이는 얼굴을 하고서는 마치 도전이라도 하듯이 이렇게 말을 내뱉었다.

"죽어 가는 사람들은 이불에서 용변을 해결하는 법이지."

이 말에 나는 숨이 막힐 듯 놀랐다.

어머니께서 너무나 창피해하실 거예요.

거만하다 싶을 만큼 자존심을 내세우며 살아온 엄마는 창피한 일을 겪은 적이 없었다. 부자연스러우리만큼 정신적인 측면을 중시하며 살아온 엄마가 인간이 지닌 동물적 측면을 받아들이겠다고 단호하게 결심한 것 역시 그 자체로 용기 있는 모습이라 할 수 있었다.

우리는 엄마의 옷을 갈아입히고 씻겨 드린 후 마사지도 해 드렸다. 주사를 놓을 시간이 되었는데, 체내에 남아 있는 요소(尿素)를 억제하기 위한 것으로 추정되는 아픈 주사였다. 엄마가 너무나 지쳐 보인 탓에 르블롱 씨가 머뭇거리자 엄마는 이렇게 말했다.

"주사를 놓으시구려. 나한테 좋은 거니까."

우리는 엄마를 다시 옆으로 돌려 눕혔다. 엄마를 붙잡고서 나는 엄마의 얼굴을 바라보았다. 정신적 혼란과 용기, 희망, 불안이 뒤섞인 얼굴이었다.

나한테 좋은 거니까.

주사를 놓는 건 치료를 위한 것이었다. 하지만 동시에 죽음을 위한 것이기도 했다. 누군가에게 용서를 빌고 싶었다.

다음 날, 엄마가 이날 오후를 별 탈 없이 보냈다는 말을 전해 들었다. 한 젊은 남자 간호사가 르블롱 씨를 대신하게 되자, 푸페트가 엄마에게 말했다.

"이렇게 젊고 친절한 간병인이 와서 좋으시겠어요."

"그럼. 참 잘생긴 청년이더구나."

"엄마는 남자에 통달했잖아요!"

엄마는 아쉬움이 묻어나는 목소리로 "무슨 소리! 그렇게 잘 알지는 못해"라고 답했다.

"그래요? 그래서 아쉬우세요?"

"그럼! 그렇고말고! 조카 손녀들에게 내가 노상 말하지 않더냐. 애들아, 인생을 즐겨라 라고."

"걔들이 왜 엄마를 그렇게 좋아하는지 이제야 알겠네요. 그런데 왜 딸들한테는 그런 말을 안 하신 거예요?"

엄마는 갑자기 진지해졌다.

"딸들에게? 그래, 그런 말을 하지 않았지."

P박사가 한 80대 할머니를 모시고 엄마에게 왔다. 그다음 날 수술을 받을 예정인데 무서워한다는 것이었다. 엄마는 자신의 경우를 예로 들어 가면서 할머니에게 훈계를 늘어놓았다.

"의사들이 나를 선전용으로 써먹는구나."

월요일에 엄마가 재미있다는 듯 말했다. 그러고는 내게 물었다.

"내 오른쪽 얼굴이 괜찮아진 것 같으냐? 오른쪽 얼굴이 정말 있는 거니?"

"당연하죠. 보세요."

동생이 말했다. 엄마는 의심스러워하면서 진지하고 거만한 눈길로 거울을 응시했다.

"이게 나란 말이지?"

"그럼요. 보세요, 얼굴이 다 제대로 있잖아요."

"완전히 회색빛이구나."

"그건 조명 때문에 그런 거예요. 얼굴에 붉은빛이 도는걸요."

엄마의 안색이 아주 좋다는 건 사실이었다. 어쨌든 엄마는 르블롱 씨에게 웃어 보이면서 이렇게 말했다.

"아! 이번에는 입을 활짝 벌리고 웃었네요. 예전에는 웃을 때 입이 반밖에 안 움직였는데."

오후에는 더 이상 웃지 않으셨다. 엄마는 놀랍고도 원망스럽다는 듯 여러 번 되풀이해서 이렇게 말했다.

"거울을 들여다보니 내가 참 못생겼더구나."

전날 밤에는 링거 장치의 한 부분이 고장 나는 바람에 관을 떼어 내고 혈관에 다시 주삿바늘을 꽂아야 했다. 야간 간병인이 혈관을 잘 찾지 못해 더듬댔다. 그 와중에 주사액이 살갗으로 흘러들어 갔고, 엄마는 상당히 아파했다. 간병인이 붓고 멍든 엄마의 팔을 붕대로 감쌌다. 오른쪽 팔에는 기계를 다시 연결했는데 엄마의 약해진 혈관은 혈청 주입을 근근이 버텨 내고 있었다. 하지만 혈장을 주입하자 엄마는 고통에 찬 비명을 내질렀다. 저녁이 되자 엄마는 불안에 사로잡혔다. 밤중에 또 다른 사고가 발생해 그로 인해 아프게 될까 봐 무서웠기 때문이었다. 엄마는 얼굴을 찌푸리며 "링거액이 잘 들어가고 있는지 잘 살펴봐 달라"며 애걸했다. 그리고 그날 저녁, 나는 엄마의 팔로 불안과 고통만이 가득한 생명이 흘러들어 가는 걸 지켜보면서 다시금 스스로 이렇게 묻지 않을 수 없었다. '무엇 때문에 엄마의 삶을 연장해야 하는가?'

병원에서는 이런 질문을 던질 틈이 없었다. 엄마가 가래를 뱉어 낼 수 있도록 도와 드려야 했고, 또 마실 것을 챙겨 드리거나 베개나 머리를 정돈해 드려야 했으며, 다리의 위치를 바꿔 드리거나 꽃에 물을 주고 창문을 열고 닫거나 신문을 읽어 드려야 했으며, 엄마가 묻는 말에 대답하고 엄마의 가슴팍에 검은색 끈으로 매달아 놓은 시계의 태엽을 감아 주는 일 등을 해야 했기 때문이다. 엄마는 이렇게 우리에게 의지하게 된 상황을 즐겼고, 우리가 쉴 새 없이 자기에게 관심을 가지기를 바랐다. 하지만 집으로 돌아오자 최근 며칠간 느낀 모든 슬픔과 두려움이 어깨 위로 내려앉은 듯한 느낌이 들었다. 그리고 나 역시도 암에 걸렸다는 생각에 사로잡히게 되었다. 양심의 가책 때문이었던 듯싶다. "수술을 받게 하시면 안 돼요"라는 말을 들었는데도 나는 엄마의 수술을 막지 못했다. 오랜 고통으로 인해 환자들이 괴로워하는 걸 보았을 때, 나는 그런 상황을 무기력하게 바라만 보고 있는 환자의 주변 사람들에게 자주 화를 내면서 이렇게 말하곤 했다.

"나 같으면 환자를 죽게 했을 거예요."

그런데 처음으로 이러한 시련이 닥쳐오자 나는 머뭇거리고 말았다. 내 개인적인 양심을 버리고 사회가 요구하는 양심에 굴복한 것이다. 사르트르는 내게 이렇게 말했다.

"그렇지 않아. 당신은 의학 기술에 굴복한 거야. 어쩔 수 없는 선택인 거지."

사실이었다. 전문가들이 내린 진단과 예측, 그리고 결정을 무력하게 따를 수밖에 없는 우리로서는 악순환에 갇힌 셈이었다. 환자는 의사들의 소유물로 전락해 버렸다. 그러니 그들의 손아귀에서 환자를 빼내 와야 하지 않겠는가! 지난 수요일에는 수술과 안락사 중 양자택일을 해야만 했다. 당시로서는 굳어 가던 심장이 다시 힘차게 뛰게 되면 엄마가 장폐색증을 견디면서 지옥을 맛봐야 하는 처지에 놓일 게 뻔했다. 의사들이 안락사를 거부할 게 분명했기 때문이다. 지난 수요일 아침 6시에 내가 그 자리에 있었어야만 했다. 하지만 그랬다고 해도 용기를 내서 N박사에게 "그대로 돌아가시도록 어머니를 내버려 두세요"라고 말할 수 있었을까? 내가 "어머니를 괴롭히지 말아 달라"고 부탁하면서 말하고자 했던 바가 바로 이것이었다. 그러나 N박사는 자신이 해야 할 일이 무엇인지를 확실하게 아는 자 특유의 거만한 태도를 보이며 나를 냉대했다. 의사들은 이렇게 말했을지도 모른다. "당신이 어머니에게서 몇 년 더 사실 수 있는 기회를 빼앗은 셈입니다"라고. 내가 엄마를 죽게 내버려 두라는 말을 하지 못한 것은 그래서였다. 하지만 이렇게 핑계를 대 보아도 내 마음은 편해지지 않았다. 앞으로 벌어질 일이 나를 두렵게 했다. 내가 열다섯 살이었을 때 모리스 삼촌이 위암으로 돌아가셨다. 듣기로는 며칠 동안 삼촌이 이렇게 울부짖었다고 한다.

"날 죽여 주시오. 권총을 가져다 달란 말이오. 제발 나를 불쌍히 여겨 주시오!"

"어머니께서는 고통스럽지 않으실 겁니다"라는 P박사의 약속은 지켜질까? 죽음과 고문 사이에 일종의 경주가 벌어진 셈이었다. 당신이 소중하게 여기는 누군가가 "나를 불쌍히 여겨다오!"라며 헛되이 비명을 내지르고 있을 때 기어코 그를 살려내려 하는 이유가 대체 무언지 나는 궁금해졌다.

심지어 죽음이 이기고 있을 때조차도 가증스러운 기만이 벌어지고 있었다! 엄마는 우리가 자기 곁에 있다고 믿었다. 하지만 이미 우리는 그녀와는 다른 세계에 속해 있었다. 눈치 빠르게 상황을 파악하는 능력을 타고난 나는 내막을 알아차렸다. 엄마가 아무도 없는 저편에서 홀로 애쓰고 있다는 걸 말이다. 낫고자 하는 집념, 인내심, 용기, 이 모든 것에 있어서 엄마는 기만당하고 있었다. 엄마가 겪는 고통 중 그 무엇 하나도 보상받지 못할 테니 말이다. 나는 엄마의 얼굴을 다시 떠올렸다.

나한테 좋은 거니까.

나는 절망적으로 내가 저지른 잘못을 감내하고 있었다. 비록 전적으로 내 책임이라고만은 할 수 없지만, 그렇다고 해서 결코 내 탓이 아니라고까지는 말할 수 없는 잘못을.

엄마는 평온하게 밤을 보냈다. 엄마가 불안해하는 걸 지켜본 간병인이 엄마의 손을 계속 잡아 주었다. 우리는 아프게 하지 않으면서 엄마를 대야에 앉힐 수 있는 방법을 찾아냈다. 엄마는 다시 식사를 할 수 있게 되었고 얼마 지나지 않아서는 혈청 주입을 중단할 예정이었다. "오늘 저녁부터 맞지 않아도 되게 해 주시구려!"라고 엄마가 부탁했다. N박사가 "오늘 저녁이나 내일부터는 그만 맞을 수 있게 해 드리겠습니다"라고 답했다. 혈청 주입을 중단하고 나면 간병인이 계속해서 엄마를 돌보고 동생은 친구 집에서 잠을 자기로 했다. 나는 P박사에게 조언을 구했다. 사르트르가 그다음 날 프라하로 가는 비행기를 탈 예정이었는데 내가 같이 가도 될지를 묻기 위해서였다.

"언제 무슨 일이 닥칠지 예측할 수 없습니다. 하지만 이러한 상태가 여러 달 지속될 수도 있습니다. 절대 어머니 곁을 떠나지 마시라고 말씀드리고 싶습니다만, 프라하에서 파리까지 한 시간 반밖에 안 걸리고 통화도 쉽게 할 수 있으니 다녀오십시오."

엄마에게 이 계획을 말씀드렸다. "당연히 가도 되지. 가거라. 네가 없어도 괜찮다"라고 엄마는 말했다. 내가 프라하에 가려 한다는 사실에 비추어 보아 자신이 위험한 상태를 넘겼다고 확신하는 모양이었다.

"의사들 덕분에 많이 나았어! 일흔여덟 살에 복막염이라니! 이 정도로 회복된 게 얼마나 다행이냐! 대퇴부 수술을 하지 않은 것도 다행이고!"

붕대를 풀고 보니 엄마의 왼쪽 팔의 붓기가 조금은 빠져 있었다. 집중하는 얼굴로 엄마는 얼굴에 손을 갖다 댔다. 코와 입이 제대로 있는지 확인하려는 듯했다.

"두 눈이 뺨 한가운데 가 있고 코는 삐뚤어진 채 얼굴 맨 아래쪽에 붙어 있는 듯한 기분이 드는구나. 이상하기도 하지……."

엄마에게는 자기 자신을 들여다보는 습관이 없었다. 그런데 지금은 자기 몸에 대한 생각이 엄마의 머릿속을 지배했다. 그러한 생각에 압도된 엄마는 더 이상 망상에 빠져들지도, 나를 경악케 하는 말을 하지도 않았다. 엄마가 부시코 병원을 떠올리곤 했던 건 대기실에 머물 수밖에 없는 환자들이 불쌍하다고 생각했기 때문이었다. 엄마는 간호사들을 착취하는 경영자를 비판하면서 간호사들의 편을 들었다. 힘든 상황에서도 엄마는 예전처럼 여전히 남들을 조심스럽게 대했다. 르블롱 씨가 너무 많은 일에 시달리고 있지는 않은지 걱정했다. 남들에게 고마워했고 또 미안해했다.

"젊은 사람 여럿에게 필요한 이 많은 피를 늙은이 한 사람이 이렇게 써 버리다니!"

내 시간을 뺏는 것을 자책하기도 했다.

"할 일이 많을 텐데 여기서 시간을 너무 많이 허비하는 게 아닌지 걱정이 되는구나!"

또한 "불쌍한 내 새끼들! 나 때문에 걱정했지! 얼마나 무서웠을까"라고 말하던 엄마의 목소리에서는 우리를 조금은 자랑스럽게 생각하면서도 안타깝게 여기는 기색이 느껴지기도 했다.

엄마의 마음 씀씀이 역시 우리를 감동시켰다. 목요일 아침, 혼수상태에서 막 깨어났을 때였다. 병실 담당 직원이 동생에게 아침 식사를 가져다주었는데 엄마가 숨을 가쁘게 몰아쉬면서 이렇게 말했다고 한다.

"고…… 고……."

"고해 신부님을 모셔 올까요?"

"그게 아니라 과일 잼도 먹으라고."

동생이 아침마다 과일 잼을 먹는다는 걸 떠올린 것이었다. 엄마는 내가 최근에 출간한 책이 잘 팔리고 있는지에 대해서도 관심을 가졌다. 르블롱 씨가 집주인 때문에 살던 집에서 나와야 하는 상황에 처하자, 동생의 제안에 따라 자기 집에 르블롱 씨가 머물 수 있게 해 주었다. 평소 같았으면 자기가 없을 때 남이 집에 들어오는 걸 참지 못했을 것이다. 병으로 인해 엄마를 둘러싸고 있던 편견과 오만의 껍질이 깨어져 버린 것이었다. 아마도 이제는 자신을 방어할 필요가 없어졌기 때문이리라. 체념이나 희생은 더 이상 중요한 문제가 아니었다. 엄마가 우선적으로 해야 하는 일은 회복하는 것, 즉 자기 자신을 걱정하는 것이었다. 자신이 원하고 좋아하는 일에 전적으로 몰두하면서 마침내 엄마는 원망의 감정에서 벗어났다. 예전의 아름다움과 미소를 되찾은 엄마를 보면서 나는 그녀가 마침내 자신과 평화롭고 조화로운 관계를 맺었다는 걸 알 수 있었다. 죽음의 기운이 뒤덮고 있는 이 병상 위에 행복이라고 말할 수 있을 기운이 피어나고 있다는 것 역시 알 수 있었다.

우리가 약간 놀라워하면서 주목하고 있던 점이 하나 있었는데, 그건 엄마가 화요일에 만나기로 했다가 취소한 고해 신부에게 다시 방문해 주었으면 한다는 부탁을 하지 않고 있다는 점이었다. 수술을 받기 전까지만 해도 마르트에게 "애야, 나를 위해 기도해 주렴. 사람이 아프면 기도를 드리지 못한다는 걸 너도 알잖니"라고 말하던 엄마였기 때문이다. 회복하는 일에 너무나 전념한 나머지 종교 활동이 안겨 줄 피로감까지는 감당할 자신이 없는 듯했다. N박사가 어느 날 엄마에게 말했다.

"빨리 쾌차하시려거든 좋으신 하느님과 사이좋게 지내십시오."

"물론이죠! 저는 그분과 무척이나 사이가 좋답니다. 그래도 그분을 당장 만나러 가고 싶은 마음이 들지는 않네요."

영생. 그것은 지상에서의 죽음을 의미하는 것이었고 그래서 엄마는 영생을 거부했다. 물론 엄마의 지인 중 독실한 신자들은 우리가 엄마의 의사를 무시하고 있다고 생각하고는 억지로라도 고해 신부를 데려오려고 했다. 어느 날 아침, 동생은 **"면회 금지"** 팻말이 걸려 있는데도 불구하고 병실 문이 열리면서 신부의 옷자락이 나타나는 걸 보았다. 동생은 화를 내면서 신부를 쫓아냈다.

"저는 아브릴 신부입니다. 친구로서 어머니를 뵈러 온 겁니다."

"그래도 안 됩니다. 신부님께서 입고 계신 옷을 보면 엄마가 겁내실 거예요."

월요일에는 또 다른 기습 방문이 있었다. 동생이 생탕주 부인을 병실 입구로 끌고 가면서 말했다.

"엄마는 아무도 만나지 못하십니다."

"좋아요. 하지만 매우 심각한 문제에 대해 당신과는 논의를 좀 해 봐야겠군요. 저는 당신 어머니의 종교적 신념이 얼마나 투철한지 잘 알고 있어요."

푸페트는 냉정한 태도로 "저 역시 잘 알고 있습니다"라고 말하고 나서는 다음과 같이 덧붙였다.

"어머니께서는 정신이 멀쩡하세요. 그러니 본인이 원하실 때 신부님을 만나실 겁니다."

내가 프라하로 가는 비행기에 오른 수요일 아침까지도 엄마는 여전히 신부를 만나고 싶어 하지 않았다.

IV

낮 12시경 내가 전화를 하자 푸페트는 "아직 떠나지 않았구나!"라고 말했다. 그만큼 내 목소리가 또렷하게 들린 모양이었다. 엄마는 아주 잘 지내고 있다고 했다. 목요일에도 그렇게 말했다. 금요일에 엄마는 내가 그렇게 먼 곳에서 전화를 걸었다는 사실에 기분 좋아하며, 책을 좀 읽고 낱말 맞추기도 했다고 말했다. 토요일에는 전화를 할 수 없었다. 일요일 밤 11시 반경, 나는 프랑신 디아토와의 전화 연결을 신청했다. 호텔 방에서 전화가 연결되기를 기다리는 사이 호텔 직원이 전보 한 통을 방으로 가지고 올라왔다.

"엄마가 매우 지친 상태임. 돌아올 수 있는지?"

프랑신이 전하길 푸페트는 병원에서 잠을 자고 있다고 했다. 잠시 후 동생과 통화를 했다. 그 애가 말했다.

"끔찍한 하루였어. '나를 보내지 말아 줘'라며 애원하는 엄마의 손을 계속해서 잡고 있었지. 그 와중에 '시몬을 다시 볼 수 없겠구나'라고 말씀하시지 뭐야. 진정제를 놔 드렸더니 지금은 주무시고 계셔."

나는 호텔 프런트에 다음 날 아침 10시 반에 떠나는 비행기표를 예약해 달라고 부탁했다. 사르트르는 정해진 일정이 있으니 하루나 이틀은 기다려 보는 게 좋지 않겠느냐고 했지만 그럴 수는 없었다. 돌아가시기 전에 엄마를 다시 볼 수 있길 간절히 원했기 때문은 아니었다. 엄마가 나를 다시 보지 못하게 되리라고 생각하니 그것만은 견딜 수 없었다. 죽고 나면 기억이 없을 게 뻔한데도 왜 나는 잠깐이라도 엄마를 보는 일을 그토록 중시한 걸까? 회복하시지도 못할 텐데 말이다. 나름대로 해명해 보자면, 죽음을 목전에 둔 환자의 마지막 순간에 변치 않는 그 무언가를 새겨 넣을 수 있을 거라 뼛속 깊이 느끼고 있었기 때문이었지 싶다.

월요일 오후 1시 반경에 114호실로 들어섰다. 내가 돌아오리라는 걸 미리 알고 있었던 엄마는 내가 원래 일정에 맞춰 돌아왔다고 생각하고 있었다. 엄마는 선글라스를 벗고는 내게 미소를 지었다. 진통제 효과 덕분인지 기분이 좋아 보였다. 엄마의 얼굴이 달라져 있었다. 안색이 노랬고 오른쪽 눈 아래로 불룩한 주름살이 코를 따라 늘어져 있었다. 그럼에도 모든 탁자 위에는 꽃병이 새로 놓여 있었다. 르블롱 씨는 그만두고 없었다. 링거액을 그만 맞게 되면서 특별 간병인이 더 이상 필요하지 않았기 때문이다. 내가 프라하로 떠나던 날 저녁, 르블롱 씨가 엄마에게 수혈을 하기 시작했다. 두 시간쯤 걸릴 예정이었다. 약해진

정맥 탓에 엄마는 혈장 주입보다 수혈을 더 힘들어했다. 엄마는 5분 동안 비명을 질렀다. "그만하세요"라고 푸페트가 말했다. "N박사가 뭐라고 하겠어요?"라며 간호사가 되받아쳤다.

"제가 다 책임질게요."

실제로 N박사는 몹시 화를 내면서 "상처가 늦게 아물 겁니다"라고 말했다. 하지만 그는 상처가 아물지 않을 거라는 걸 잘 알고 있었다. 부스럼이 생기면서 상처에 구멍이 나는 바람에 장이 비어 있는 상태였다. 그러나 그 덕분에 배변 활동이 중단되면서 장폐색증이 도지는 것만큼은 피해 갈 수 있었다. 엄마는 얼마나 오래 견뎌 낼 수 있을까? 분석에 따르면 엄마의 종양은 가장 악성에 해당하는 육종으로, 모든 신체 기관으로의 전이가 시작되었다고 했다. 하지만 엄마의 나이 때문에 전이되는 속도가 느려질 가능성은 있었다.

엄마는 내게 지난 이틀 동안의 일을 들려주었다. 토요일에는 심농의 소설을 읽기 시작했고, 푸페트와 낱말 맞추기 게임을 해서 이겼다고 했다. 탁자 위에는 엄마가 신문지에서 오려 낸 낱말 맞추기 난이 쌓여 있었다. 일요일에는 감자 으깬 것을 점심으로 먹었는데 소화가 되지 않았고(사실 이는 엄마의 육신을 갉아먹고 있는 전이의 초기 증상에 해당하는 것이었다), 생생하고도 긴 악몽을 꾸었다고 했다.

"파란색 이불 속에 있었는데 말이다, 어떤 구멍 위였지. 네 동생이 이불을 붙들고 있었고 나는 그 애에게 구멍 속으로 떨어지지 않게 해 달라고 애원했단다."

"제가 엄마를 붙들고 있으니 떨어지지 않을 거예요"라고 푸페트가 말했다고 한다. 그 애는 소파에 앉아 밤을 지새운 모양이었는데, 평소 같으면 그 애가 잠을 제대로 자지 못할까 봐 걱정했을 엄마가 "잠들면 안 된다. 나를 보내면 안 돼. 혹시나 내가 잠이 들면 깨워 줘. 잠든 사이에 가지 않도록 해 다오"라고 말했기 때문이다. 동생이 말하기를 엄마는 어느 순간 진이 빠져 눈을 감았다고 한다. 그러고는 손으로 이불을 긁어 대면서 이렇게 또박또박 말했다고 한다.

"살아야 해! 살아야만 한다!"

엄마의 고통을 덜어 주고자 의사들은 약을 처방하고 진통제 주사를 놓았다. 그렇게 해 주길 엄마가 간절히 바랐던 까닭이었다. 하루 종일 엄마는 기분이 무척 좋았다. 그 와중에 이상한 느낌을 받은 적이 있다면서 그에 대해 다시 한 번 길게 이야기를 늘어놓았다.

"내 앞에 둥그런 모양을 한 게 있었는데 그것 때문에 성가시더구나. 그런데 네 동생한테는 그게 보이지 않는다는 거야. 내가 그 둥그런 걸 없애 달라고 말하는데도 보이지 않는다고 하지 뭐니."

창틀에 고정해 놓은 작은 금속판에 대한 이야기였다. 블라인드를 약간 내려서 가려 버리자 문제가 해결되었다. 병문안을 온 샹탈과 카트린을 포함한 우리에게 엄마는 만족스럽다는 듯이 이렇게 말했다.

"P박사가 나보고 아주 영리하다더구나. 여러 가지 일을 똑똑하게 잘 처리했다면서 말이지. 예를 들자면 수술을 받고 회복을 기다리는 동안 대퇴골을 다시 붙여 놓았다면서 칭찬하더구나."

그날 저녁 나는 지난밤 눈을 거의 붙이지 못한 동생에게 내가 병원에서 대신 밤을 보내겠다고 제안했다. 하지만 엄마는 동생이 곁에 있는 것에 익숙해진 상태였다. 게다가 리오넬의 병간호를 해 본 그 애가 자신을 더 잘 돌볼 거라고 생각하는 눈치였다.

화요일 낮 동안은 별일 없이 잘 지나갔다. 하지만 그날 밤 엄마는 악몽을 꾸었다.

"어떤 사람들이 나를 상자에 집어넣지 뭐냐."

엄마는 동생에게 말했다.

"나는 여기에 있는데, 그 상자 안에도 내가 있어. 내가 나긴 한데 또 더 이상 내가 아닌 거야. 사람들이 상자를 가져가려 하잖니!"

엄마는 "그 사람들이 나를 데려가게 하지 마라!"라고 말하면서 발버둥을 쳤다. 오랫동안 푸페트는 엄마의 이마에 손을 얹고 있었다.

"약속해요 엄마. 그 사람들이 엄마를 상자에 집어넣는 일은 없을 거예요."

엄마는 진정제를 추가로 놓아 달라고 했다. 진정제를 맞고 나서야 환각 상태에서 벗어난 엄마가 동생에게 물었다.

"그런데 그 상자랑 그 남자들 말이다. 도대체 그게 뭘까?"

"수술받은 기억일 거예요. 간호사들이 엄마를 들것에 싣고 데려갔거든요."

엄마는 잠이 들었다. 그러나 다음 날 아침, 의지할 데라곤 하나 없는 짐승이 느낄 법한 슬픔이 엄마의 눈에 어려 있었다. 간호사들이 침대를 정돈하고 주입기를 이용해 소변을 보도록 하자 엄마는 아파하면서 신음 소리를 냈다. 그러고는 다 죽어 가는 듯한 목소리로 내게 물었다.

"내가 퇴원할 수 있을 것 같니?"

나는 엄마에게 화를 냈다. 엄마는 N박사에게 조심스레 물었다.

"내 상태가 만족할 만한가요?"

그는 자신감 없는 목소리로 그렇다고 답했다. 그래도 엄마는 구명줄이라도 된다는 듯이 이 대답에 매달렸다. 엄마는 자신이 지나치게 피곤해하는 까닭을 설명하기 위해 매일매일 그럴듯한 변명을 만들어 내곤 했다. 탈수증 때문인 거다, 으깬 감자 요리가 너무 된 탓이다 등등. 이날은 전날 밤에 네 번 감아야 하는 붕대를 세 번만 감았다며 간호사들에게 화를 냈다. 그러고는 내게 말했다.

"저녁에 N박사가 화를 내더구나. 간호사들을 호되게 꾸짖더라고!"

만족스러운 듯 엄마는 "그가 화를 냈다고!"라는 말을 여러 번 반복해서 했다. 엄마의 얼굴에서 아름다움이 사라졌다. 반복적으로 계속되는 경련으로 인해 짜증스러워하기도 했다. 엄마의 목소리에서 다시금 원망과 불만의 기색이 느껴졌다.

"너무나도 피곤하구나"라며 엄마는 한숨을 내쉬었다. 그날 오후에는 마르트의 남동생인 예수회 소속의 젊은 사제가 병문 안을 오기로 되어 있었다.

"그분과의 약속을 취소할까요?"

"아니다. 네 동생이 좋아할 거야. 그분과 신학에 대한 대화를 나눌 수 있을 테니 말이다. 난 눈을 감고 있으면 돼. 내가 말을 할 필요는 없을 게야."

엄마는 점심을 걸렀다. 잠이 든 엄마가 고개를 가슴팍에 떨구고 있었다. 푸페트가 문을 열고 들어왔을 때 그 애는 엄마가 돌아가신 줄 알았다고 했다. 샤를 코르도니에가 병실에 머문 건 단 5분이었다. 그는 자신의 아버지가 우리 엄마를 매주 점심 식사에 초대했던 일에 대해 이야기했다.

"목요일에 부인을 라스파이 거리에서 다시 뵐 날이 언젠가 오리라 생각합니다."

의심쩍다는 표정을 지은 채 엄마는 이렇게 말하는 그를 애석하다는 듯 쳐다보았다.

"내가 거기로 놀아갈 수 있으리라 생각하는 거유?"

여태껏 나는 한 번도 엄마가 그렇게나 불행한 표정을 짓는 걸 본 적이 없었다. 그날 엄마는 자신이 죽게 될 거라는 걸 깨달았던 것이다. 우리는 엄마의 마지막 순간이 다가오고 있다고 생각했다. 그래서 푸페트가 도착한 후에도 나는 병원을 떠나지 않았다. 엄마가 이렇게 중얼거렸다.

"너희 둘 다 여기에 있는 걸 보니 내 상태가 더 나빠진 게로구나."

"우린 항상 여기에 있었잖아요."

"둘이 같이 있었던 건 아니지."

그 말에 나는 다시 화가 난 척했다.

"엄마 기분이 좋지 않아 보여서 있는 거예요. 제가 있어서 걱정되신다면 저는 갈게요."

"아니다, 아니야."

엄마는 당황해하며 말했다. 부당하게 차가운 태도로 엄마를 대하고 나니 내 마음 역시 좋지 않았다. 진실이 엄마를 짓누르고 있던 그 순간, 그래서 말로나마 그로부터 벗어나는 게 필요했을 그 순간, 우리는 엄마에게 침묵할 것을 강요했던 셈이다. 불안한 내색을 감추길, 가급적 의구심을 드러내지 말길 엄마에게 강요했던 것이다. 일평생 그래 왔듯, 여전히 엄마는 자신이 잘못을 저질렀다는 느낌과 자신이 제대로 이해받지 못한다는 느낌을 동시에 받고 있었다. 하지만 우리는 달리 선택할 수 없었다. 엄마에게 가장 필요한 건 바로 희망이었기 때문이다. 샹탈과 카트린은 엄마의 얼굴을 보고 너무나 놀란 나머지 리모주에 계신 자기 어머니에게 전화를 걸어 파리로 오시는 게 좋겠다고 전했다.

푸페트는 더 이상 서 있을 수조차 없는 상태였다.

"오늘 밤에는 내가 여기서 잘게."

나는 이렇게 결정을 내렸다. 엄마는 걱정하는 듯했다.

"네가 할 수 있겠니? 내가 악몽을 꾸면 이마에 손을 얹어 줄 수 있겠어?"

"당연히 할 수 있죠."

엄마는 잠시 생각에 잠기더니 나를 뚫어져라 쳐다보았다.

"너 말이다, 나는 네가 무섭단다."

나의 지적인 면을 높이 평가하고 있어서 그런지 엄마는 언제나 나를 조금은 어려워했다. 반면 둘째 딸에게 지적인 면이 있다는 건 결코 인정하려 하지 않았다. 나 역시 마찬가지로 나를 어려워하는 엄마에게 일찍부터 거리감을 느꼈다. 나는 솔직한 성격을 지닌 아이였다. 얼마 지나지 않아 나는 어른들 각자가 자기만의 작은 벽 사이에 스스로를 가둔 채 살아가고 있다는 걸 알게 되었다. 가끔씩 엄마는 벽에 구멍을 뚫었다가는 재빨리 다시 막아 버리곤 했다. 그러고는 중요한 일이라도 생긴 양 "그 여자가 내게 비밀을 털어놓았어"라며 속삭였다. 혹은 남의 벽 바깥에서 그 벽에 생긴 틈새를 발견하고는 "그 여자는 뭔가를 잘 숨겨, 나한테 아무 말도 안 하거든. 그런데 내 생각에는 말이야……"라고 말하기도 했다. 나는 비밀을 털어놓거나 쑥덕공론하는 걸 떳떳하지 않은 짓으로 여겼던 터라 그렇게 하는 걸 싫어했다. 나는 빈틈이 전혀 없이 성벽을 쌓길 바랐다. 특히 엄마에게는 그 어떤 것도 들키지 않기 위해 애썼다. 엄마가 정신적으로 혼란스러워할까 봐 걱정해서이기도 했지만 엄마의 감시하는 눈초리가 싫기 때문이기도 했다. 얼마 지나지 않아서 엄마는 더 이상 내게 그 무엇도 물으려 하지 않았다. 내가 신앙을 버리게 된 것을 두고 벌인 논쟁을 짧게 마무리하기 위해 우리 둘모두 엄청난 노력을 기울여야만 했다. 엄마가 눈물을 흘리는 걸 바라보면서 마음이 아팠다. 하지만 얼마 안 가 나는 엄마가 우는 것이 내적 혼란을 겪게 될 나를 걱정해서가 아니라 시련과 맞닥뜨린 자기 자신 때문이라는 걸 깨달았다. 날 감싸 안기보다는 협박하길 택한 엄마에게 나는 크게 분노했다. 엄마가 다른 이들에게 내 영혼을 위해 기도해 달라고 부탁하는 대신에 나를 조금 더 믿고 내게 마음을 더 써 줬더라면 우리 관계가 좀 더 좋을 수 있었을 거라 생각한다. 엄마가 그러지 못했던 이유를 이제는 알겠다. 남의 입장에서 생각해 보기에는 다른 사람들을 향한 복수심이 너무나 컸고, 치료해야 할 상처가 너무나 깊었던 까닭이다. 무언가를 할 때면 엄마는 늘 스스로를 포기해야만 했다. 하지만 그렇다고 해서 엄마가 감정을 느끼는 것조차 포기한 것은 아니었다. 하물며 자신의 마음을 헤아리길 거부해 온 엄마가 어찌 나를 이해해 보려는 마음을 먹을 수 있었겠는가? 우리 사이가 나빠지지 않도록 태도를 꾸며 내는 데 있어서도 엄마는 전혀 준비가 되어 있지 않았다. 예상치 못한 상황과 맞닥뜨릴 때면 엄마는 무척 당황하곤 했는데, 이는 이미 주어진 틀 안에서만 생각하고 행동하고 느끼도록 교육받은 탓이었다.

　두터운 침묵이 우리 사이를 가로막아 버렸다. 『초대받은 여자』가 출간되기 전까지 엄마는 내 생활에 대해 아는 게 거의 없었다. 엄마는 내가 적어도 품행만큼은 "단정하다"고 믿으려 애썼다. 세간에 떠도는 소문으로 인해 그 환상마저 깨지고 말았지만, 우리 관계가 변화를 맞이한 건 바로 그 즈음이었다. 엄마가 경제적으로 내게 의지하게 된 게 그때였기 때문이다. 그 후로 엄마는 내 의견을 구하지 않고서는 그 어떤 실질적인 결정도 내리지 않았다. 나는 집안의 기둥이자 아들 같은 존재인 셈이었다. 한편으로 나는 유명한 작가이기도 했다. 이러한 상황 덕분에 내가 부도덕한 생활을 하고 있다는 게 부분적으로는 정당화되었다. 게다가 엄마는 내 생활에서 부도덕하다고 할 수 있는 면을 최소한도로 줄여서 생각하기까지 했다. 예를 들어 나와 사르트르의 자유연애가 법적인 혼인 관계보다는 덜 불경한 것이라고 생각하는 식으로 말이다. 내 책에 담긴 내용 때문에 자주 충격을 받기는 했지만, 그 책들이 성공적인 반응을 이끌어 내는 것을 보면서 엄마는 기뻐했다. 하지만 그 바람에 내가 권위를 지니게 되었다고 생각해서인지, 내가 작가로 성공하고 난 뒤로 엄마는 나를 더욱 어려워했다. 나는 엄마와 논쟁하는 걸 가급적 피하고자 했지만, 아니, 좀 더 정확히 말하자면 아마도 내가 논쟁하길 피하고자 했기 때문에, 엄마는 내가 자신을 평가하고 있다고 생각했다. 나보다 덜 존중받았던 "어린 애" 푸페트는 엄마의 영향을 덜 받은 덕분에 매사에 어색해하는 엄마의 기질을 물려받지 않았고, 그래서인지 엄마와 그 애의 관계는 나와의 관계에 비해서는 격식이 없는 편이었다. 『얌전한 처녀의 회상』이 출간되었을 때 푸페트는 가능한 모든 말로 엄마를 안심시키는 역할을 담당했다. 나로 말할 것 같으면 엄마에게 꽃다발을 안겨 주고는 한마디 말로 용서를 구한 것이 전부였다. 엄마는 내 행동에 감격해하면서도 한편으로는 당황스러워하기도 했다. 어느 날 엄마가 내게 말했다.

"부모는 자식을 이해 못 하는 법이지, 하지만 자식도 부모를 이해 못 하기는 매한가지란다……."

우리는 서로 오해하고 있는 부분에 대해 이야기를 나누었지만 대화는 막연한 수준에 그치고 말았다. 그 후 우리가 이 문제를 다시 언급한 적은 없었다. 나는 문을 두드렸다. 가느다란 신음 소리와 실내화를 바닥에 끄는 소리가 들리더니 다시 한숨 쉬는 소리가 들렸다. 이번에는 대화거리와 화해할 수 있는 지점을 찾아내리라고 다짐했다. 5분 만에 그 시도는 실패로 끝났다. 엄마와 공통 관심사가 거의 없기 때문이었다! 나는 엄마의 책을 뒤적였다. 심지어 우리가 읽는 책조차 다른 부류에 속한 것이었다. 나는 엄마에게 말을 걸고 그녀가 하는 말을 들으면서 그에 대해 몇 마디 했다. 하지만 그녀가 내 어머니라는 사실로 인해, 엄마가 내뱉는 기분 나쁜 말들은 다른 사람의 입에서 나올 때보다 더 많이 내 마음을 상하게 했다. 그리고 엄마가 애써 친밀한 분위기를 만들려는 의도로 평소처럼 어색해하면서 "네가 나를 똑똑하지 않다고 생각한다는 거 알고 있어. 그래도 네가 그렇게 잘 사는 게 내 덕분이라고 생각하니 어쨌든 기분은 좋구나"라고 말하자, 나는 스무 살이었을 때처럼 화가 났다. 마지막 말만 들었더라면 나 역시 진심으로 엄마와 같은 생각을 했을지도 모른다. 하지만 첫마디 말에서 내 마음은 싸늘해졌다. 이런 식으로 우리는 서로를 불편하게 만들곤 했다.

너 말이다, 나는 네가 무섭단다.

엄마가 나를 뚫어지게 쳐다보면서 한 이 말에는 그동안 그녀가 내게 하고 싶었던 모든 말이 담겨 있었다.

나는 동생의 잠옷으로 갈아입고 병상 옆에 놓인 간이침대에 몸을 뉘었다. 나 역시 두려웠다. 엄마의 부탁으로 블라인드를 내리고 머리맡에 있던 전등 하나만을 켜자 저녁 무렵의 병실에는 우울한 분위기가 감돌았다. 내가 보기에는 어두움으로 인해 병실에 맴돌던 죽음의 기운이 깃든 불가사의한 분위기가 한층 더 짙어진 듯했다. 그런데 정작 그날 밤부터 사흘간, 집에서 잘 때보다 더 푹 잘 수 있었다. 언제 전화기가 울릴지 모른다는 불안함과 상상 속에서 내가 만들어 낸 혼란스러운 이미지들로부터 벗어날 수 있었기 때문이었다. 엄마 곁에 있었으므로 다른 생각을 할 필요가 없었던 것이다.

엄마는 악몽을 꾸지 않았다. 첫날 밤에는 물을 달라 하기 위해 가끔씩 잠에서 깼다. 둘째 날 밤에는 꼬리뼈 때문에 무척 아파했다. 쿠르노 씨는 엄마가 오른쪽으로 누워 잘 수 있도록 했다. 그런데 그렇게 하자 팔 때문에 괴로워했다. 엄마를 고무로 만든 동그란 것 위에 누이자 통증이 가라앉았다. 하지만 그로 인해 멍투성이인 데다가 민감해진 엉덩이 피부가 상하게 될지도 몰랐다. 엄마는 금요일과 토요일에는 잠을 잘 잤다. 목요일 아침부터는 진정제를 맞은 덕분에 마음의 안정을 되찾았다. "내가 퇴원할 수 있을 것 같으냐?"라고 묻지 않게 된 대신에 "내가 다시 정상적으로 생활할 수 있을 것 같으니?"라고 질문했다. 그러고는 행복하다는 듯한 목소리로 내게 말했다.

"아! 오늘은 네가 보이는구나! 어제는 보이지 않더니만 말이다!"

그다음 날 리모주에서 온 잔은 엄마의 얼굴이 걱정했던 것보다는 덜 상해 보인다고 했다. 엄마와 잔은 한 시간 가까이 대화를 나누었다. 잔이 샹탈과 함께 토요일 아침에 다시 병실에 들렀을 때, 엄마는 활기찬 목소리로 그 애들에게 말했다.

"나 원 참! 내일 당장 죽는 건 아니라는데도 그러네! 백 살까지는 살 거야. 누가 날 죽인다면 모를까."

P박사는 곤혹스러워했다.

"어머니에 대해서는 어떤 예측도 할 수 없을 듯합니다. 저렇게나 활력이 넘치시니 말입니다!"

나는 P박사가 마지막에 한 말을 엄마에게 전해 주었다.

"그래, 내가 생기가 있긴 하지!"라며 엄마는 만족스럽다는 듯 말했다. 장이 더 이상 제 기능을 못 하게 되자 엄마는 조금 놀랐다. 하지만 의사들은 그 점을 걱정하지 않는 듯했다.

"장이 활동한 적이 있었다는 사실이 중요하대요. 장이 마비된 것은 아니라는 걸 알 수 있으니까요. 의사들이 아주 만족스럽게 생각하고 있어요."

"의사들이 괜찮다고 생각하는지가 중요한 거지."

토요일 저녁, 잠들기 전에 우리는 대화를 나누었다.

"이상하기도 하지."

엄마가 생각에 잠긴 듯한 모습으로 말했다.

"르블롱 씨를 생각할 때면 내 아파트에서 보았던 모습이 떠올라. 세탁소에 있는 마네킹처럼 부풀어 오르고 팔이 없는 모습 말이다. P박사를 생각하면 내 배에 붙어 있는 검은색 종이 밴드가 떠오르고. 그래서 그런지 P박사의 실물을 보면 이상한 기분이 들어."

나는 엄마에게 말했다.

"보세요, 익숙해지니 이젠 제가 무섭지 않으시죠?"

"당연하지."

"제가 무섭다면서요."

"내가 언제? 사람들은 원래 이상한 말을 하곤 하잖니."

나 역시 이런 생활에 익숙해진 상태였다. 저녁 8시에 병실에 도착해 푸페트에게서 그날 있었던 일을 전해 들었다. 그러고 나면 N박사가 병실에 들렀다. 그 후 쿠르노 씨가 와서 붕대를 가는 동안 병실 입구에서 책을 읽었다. 사람들이 붕대, 가제, 천, 솜, 반창고, 철제 통, 대야, 가위 등으로 가득 찬 이동식 탁자를 하루 네 번 병실에 끌고 왔다. 탁자가 병실을 빠져나갈 때면 나는 조심스레 눈길을 돌렸다. 쿠르노 씨가 동료 간호사들의 도움을 받아 가며 엄마를 씻기고 잠자리에 눕혔다. 그러면 나도 잠자리에 들었다. 쿠르노 씨는 엄마에게 주사를 여러 대 놓고 나서, 머리맡에 놓인 전등의 희미한 불빛 아래에서 내가 책을 읽는 동안 커피를 한 잔 마시러 나가곤 했다. 그리고 돌아와서는 빛을 약간 들이기 위해 좁은 입구 쪽으로 반쯤 열어 둔 병실 출입문 근처에 앉아 책을 읽고 뜨개질을 했다. 매트리스를 진동시키는 전기 기구의 소음이 나지막이 들렸다. 나는 잠이 들었다. 7시에 잠에서 깼다. 붕대를 가는 동안 나는 감기 때문에 코가 막힌 것이 다행이라고 생각하면서 벽 쪽으로 고개를 돌렸다. 반면 푸페트는 냄새 때문에 힘들어했다. 나는 거의 아무런 냄새도 맡지 못했다. 내가 엄마의 이마와 뺨에 자주 뿌려 주었던 들척지근하면서도 역겨운 향수 냄새를 제외하고는. 앞으로는 이 향수를 영원히 사용하지 않을 작정이다.

쿠르노 씨가 떠나고 나면 나는 옷을 입고 점심을 먹었다. 엄마를 위해서는 희멀건 약을 준비했는데, 엄마는 그 맛이 역겹다고 했다. 하지만 소화에 도움이 되는 약이었다. 그러고 나서는 엄마에게 비스킷을 잘게 부수어 넣은 차를 한 술씩 떠넣어 주었다. 병실 담당자가 병실을 청소했다. 나는 꽃에 물을 주고 꽃잎을 다듬었다. 전화기가 자주 울렸다. 그럴 때면 나는 급하게 문쪽으로 뛰어갔다. 전화를 받기 전 뒤에 있는 병실 문을 다시 닫아 두기는 했지만, 통화하는 소리가 엄마에게까지 들리지 않는다고는 확신할 수 없었다. 그래서 나는 조심스레 통화하곤 했다. "레이몽 부인이 엄마의 대퇴골이 어떤지를 묻던데요"라고 전하자 엄마는 소리 내어 웃으면서 "그 여자들이 도통 아무것도 이해하지 못하는 게 분명하구나!"라고 말했다. 간호사 역시 나를 자주 불러냈다. 엄마의 친구나 친척 들이 소식을 듣기 위해 왔다는 것이었다. 엄마는 대개의 경우 기력이 없어 병문안 온 손님들을 만나지는 못했지만, 다른 이들이 자신을 걱정하고 있다는 사실에 몹시 만족해했다. 붕대를 가는 동안 나는 밖에 나가 있었다. 그러고 나서는 엄마의 점심 식사를 챙겼다. 음식을 씹을 수 없는 상태였기 때문에 엄마는 으깬 음식이나 죽, 아주 가늘게 다진 고기, 과일 졸임 혹은 크림 등을 먹었다. "먹어야 한다"고 말하면서 엄마는 접시를 싹 비우려고 애썼다. 간식으로는 신선한 혼합 과일 주스를 홀짝홀짝 마시면서 "이게 다 비타민이야. 건강에 좋은 것들이지"라고 말했다. 2시경에 푸페트가 오자 엄마는 이렇게 말했다.

"이렇게 규칙적으로 오고가니 참 좋구나."

어느 날은 우리에게 유감스럽다는 듯 말하기도 했다.

"정말로 아쉽구나! 모처럼 너희 둘을 모두 내 맘대로 할 수 있게 되었는데 병에 걸려 버리다니!"

프라하에 가기 전보다 내 마음은 더 침착해졌다. 하지만 엄마가 살아 있는 상태로 시체가 되어 가고 있다는 것만은 확실했다. 세계가 병실 크기만큼으로 줄어들었다. 택시를 타고 파리를 가로지를 때면 이 도시가 단역 배우들이 돌아다니는 무대에 불과한 것처럼 보였다. 나의 진짜 생활은 엄마 곁에서 이루어지고 있었고 엄마를 지키는 것, 그것만이 내 유일한 목표였다. 밤이면 쿠르노 씨가 신문을 넘기면서 바스락대는 소리나 전기 모터가 돌아가는 소리와 같이 아주 조그마한 소음도 내게는 무척 크게 들렸다. 낮에는 양말을 신고 돌아다녔다. 층계나 위층에서 사람들이 오고가는 소리들로 고막이 찢어질 것 같았다. 11시에서 12시 사이 층계참을 지나가곤 하는 이동식 탁자 위에서 철제 접시와 양철통, 그릇이 서로 부딪히는 소리가 끔찍하게 여겨졌다. 칠칠치 못한 병실 담당자가 반쯤 잠이 든 엄마를 깨워 다음 날 점심 메뉴로 튀긴 토끼 요리와 구운 닭 요리 중 무엇을 먹을지 물어보는 걸 보았을 때는 미칠 듯이 화가 났다. 정오가 되어 점심 식사로 골 요리 대신에 맛없어 보이는 다진 고기 요리를 가져왔을 때도 마찬가지였다. 쿠르노 씨와 로랑 씨, 어린 마르탱 양과 파랑 양을 좋아한 엄마처럼 나 역시 그들에게 좋은 감정을 품고 있었다. 다만 공트랑 씨는 내가 보기에도 너무나 수다스러운 사람이었다.

"비번이었던 어느 날 오후에 딸에게 줄 신발을 사러 돌아다닌 이야기를 내게 하더구나. 대체 나보고 어쩌라는 건지."

우리는 이제 이 병원을 좋아하지 않았다. 항상 미소를 지으면서 성실하게 일하는 간호사들은 형편없는 보수와 대우를 받으며 고된 노동으로 힘들어했다. 쿠르노 씨는 자신이 먹을 커피를 집에서 싸 오곤 했다. 병원 측에서 뜨거운 물만 제공했기 때문이다. 간병인들은 샤워실은커녕, 밤샘 근무 후 몸단장을 다시 하고 화장을 고칠 수 있는 화장실조차 제공받지 못했다. 쿠르노 씨가 충격받은 얼굴로 감독관과 다툰 일을 우리에게 들려주었다. 어느 날 아침 밤색 구두를 신고 왔다는 이유로 감독관이 쿠르노 씨에게 화를 냈다고 한다. "굽이 없는 구두인걸요"라고 항의하자 "흰색 신발을 신어야만 합니다"라는 대답이 돌아왔다고 한다. 쿠르노 씨가 질린다는 듯한 표정을 짓자 "하루 일을 시작하기도 전에 피곤한 표정부터 짓지 마세요!"라고 소리 질렀다고도 했다. 이야기를 듣고 이틀이 지나서도 엄마는 화를 내면서 감독관이 했다는 말을 계속해서 곱씹었다. 누군가 싸우면 엄마는 열심히 어느 한쪽을 편들어 주는 걸 언제나 좋아했던 것이다. 어느 날 저녁, 쿠르노 씨의 동료가 울면서 병실로 들어섰다. 환자 중 한 명이 그녀와 더 이상 말을 섞지 않겠다고 했다는 것이다. 이 젊은 아가씨들이 직업인으로서 온갖 역경을 겪는 데 익숙해졌다고 해서, 살면서 개인적으로 맞닥뜨리는 사소한 문제 정도는 아무 일도 아닌 양 넘길 수 있게 된 건 아니었다.

"바보가 된 기분이야."

푸페트가 말했다. 나의 경우 "B교수를 감쪽같이 속이다니 대단하네요!" "선글라스를 쓴 모습이 그레타 가르보와 닮았어요!"와 같은 무의미한 대화나 의례적인 농담을 무심한 태도로 참아 냈다. 하지만 말이 입 밖으로 잘 나오지 않았다. 어디에서나 연극을 하고 있는 듯한 기분이 들었다. 이사를 코앞에 둔 오래된 친구와 이사 문제에 대한 이야기를 나누는 동안 활기를 띤 내 목소리가 기만적이라고 느껴졌다. 어느 식당의 지배인에게 사실 그대로 "음식이 참 맛있네요"라고 말하는 순간에도 선의의 거짓말을 하고 있다는 느낌이 들었다. 어떤 때는 세상이 내게 자기 모습을 감추고 있다는 생각이 들기도 했다. 호텔에 머물면서도 병원에 있는 듯했다. 객실을 청소하는 여자들과 호텔 식당 종업원을 간호사로 착각했다. 그래서 마치 그 여자들이 나를 상대로 식이요법 치료를 하고 있다는 기분이 들었다. 그들의 옷자락 아래에 감춰져 있을 복잡한 장기에 대한 생각에 사로잡힌 나는 새로운 눈으로 사람들을 바라보게 되었다. 가끔은 나 스스로도 무언가를 빨아들이고 내뿜는 펌프, 또는 낭포와 장 계통으로 변신한 듯 여겨졌다.

푸페트는 신경이 날카로워진 상태로 지냈다. 나 역시 혈압이 높아 얼굴이 붉어진 상태였다. 우리는 엄마가 임종 직전까지 갔다가 다시 회복하는 상황이 반복되는 걸 보는 게 괴로웠다. 또한 그걸 지켜보면서 모순적 감정을 느끼는 우리의 처지로 인해 특히나 힘들었다. 고통과 죽음 사이에 경주가 벌어지는 가운데 우리는 죽음이 이기길 간절히 바랐다. 하지만 죽은 듯 잠든 엄마의 얼굴을 바라볼 때면, 우리는 시계를 매달아 둔 검은색 리본이 미미하게나마 움직이는지를 확인하게 위해 엄마가 입고 있는 하얀색 실내복을 걱정스러운 눈으로 조심스레 관찰하곤 했다. 이게 마지막 경련일지도 모른다는 두려움 때문에 위가 쪼그라들 정도로 괴로워하면서.

일요일 낮에 내가 병실을 나설 때만 해도 엄마의 상태는 좋았다. 하지만 월요일 아침에 앙상해진 엄마의 얼굴과 마주한 나는 몹시 놀라고 말았다. 살갗과 뼈 사이에서 세포를 먹어 치우는 정체를 알 수 없는 무리의 작용 때문인 게 분명했다. 지난밤 10시에 푸페트가 간병인의 손에 "언니를 불러야 할까요?"라고 적힌 종이를 건넸는데, 간병인이 고개를 저어 보였다고 했다. 심장이 정상적으로 움직이고 있었기 때문이다. 하지만 또 다른 불행한 소식이 기다리고 있었다. 공트랑 씨가 엄마의 오른쪽 옆구리를 내게 보여 주었다. 모공에서 물방울이 스며 나와 이불을 적시고 있었다. 소변을 거의 보지 못하는 바람에 수종이 생겨 살이 부풀어 오른 상태였다. 엄마가 자신의 손을 바라보더니 순대처럼 부은 손가락을 어렵사리 움직여 보려 했다. "움직이지 않을 거예요"라고 내가 말했다.

진정제와 모르핀을 맞고 안정을 되찾은 엄마는 피곤하다고 말은 했지만 자신의 상태를 참을성 있게 견뎌 냈다.

"내가 벌써 다 나았다고 생각하고 있던 어느 날, 네 동생이 내게 아주 도움이 될 만한 말을 해 주더구나. 내가 다시금 피로를 느끼게 될 거라고 말이다. 그래서 난 이게 자연스러운 증상이라는 걸 잘 알고 있다."

생탕주 부인이 엄마를 보러 잠시 들렀고 엄마는 그녀에게 이렇게 말했다.

"지금은 아주 건강하답니다!"

엄마가 웃자 턱뼈가 드러나 보였다. 엄마의 미소는 이미 뼈만 앙상하게 남은 자가 죽음을 연상시키면서 비죽비죽 짓는 웃음을 닮아 있었다. 반면 두 눈은 얼마간의 열정을 담은 채 순진하게 빛나고 있었다. 식사를 마치고 난 엄마가 속이 거북하다고 호소하는 바람에 여러 차례 간호사를 호출했다. 내가 바라던 바가 실현되고 있었다. 엄마가 죽어 가고 있었던 것이다. 그로 인해 나는 미칠 것 같았다. 약을 한 알 먹고 엄마는 다시 괜찮아졌다.

그날 저녁 엄마가 죽는 걸 상상하자 마음이 찢어지는 것 같았다.

"부분적으로는 호전되고 있어."

푸페트가 아침에 이렇게 말하는 걸 듣고는 마음이 짓눌리듯

무거웠다. 엄마는 상태가 아주 좋아 심농의 소설을 몇 장 읽을 정도였다. 그날 밤에는 많이 아파했다.

"온몸이 아프구나!"

모르핀 주사를 맞았다. 다음 날 잠에서 깬 엄마의 눈빛이 흐릿해진 것을 보고서 나는 '이제 마지막이구나'라고 생각했다. 엄마가 다시 잠들자 나는 N박사에게 "끝인가요?"라고 물었다. N박사가 반쯤은 동정하듯, 반쯤은 의기양양해하며 대답했다.

"그럴 리가요, 아닙니다! 저희가 어머님 기력을 아주 잘 회복시켜 드렸습니다!"

그렇다면 고통이 이기게 될 것이란 말인가?

날 죽여 주시오, 권총을 가져다 달란 말이오. 제발 나를 불쌍히 여겨 주시오.

엄마는 "온몸이 아프구나"라고 말했다. 부은 손가락을 걱정스레 움직여 보려고도 했다. 자신감을 잃은 채 "의사들한테 짜증이 나기 시작했어. 그 사람들은 항상 내가 더 좋아질 거라 말하지만, 정작 나는 더 안 좋게만 느껴지니 말이다"라고 말하기도 했다.

나는 죽음을 목전에 둔 이 환자에게 애정을 느끼고 있었다. 희미한 불빛 아래에서 엄마와 이야기를 나누면서 나는 오랫동안 속에 담아 둔 후회의 감정에서 벗어날 수 있었다. 청소년 시절부터 대화를 나누지 않게 된 우리는 서로 너무나 다르고, 또 한편으로는 서로 너무나 닮은 탓에 끊어신 내화를 다시 이어 나갈 수 없었다. 그런 내가 엄마와 대화를 다시 나누게 된 것이다. 엄마가 몇 가지 단순한 말과 행동 속에 사랑하는 마음을 담아 낼 수 있게 되면서부터, 완전히 식어 버렸다고 생각했던 엄마를 향한 내 오랜 애정이 되살아났다.

나는 엄마를 바라보았다. 엄마는 지금 여기에 의식을 가지고 존재하고 있었지만, 자신이 처한 상황에 대해서는 전혀 모르고 있었다. 우리가 몸속에서 무슨 일이 벌어지고 있는지를 알지 못하는 건 당연했다. 하지만 상처투성이인 배, 부스럼, 거기서 나오는 고름, 푸르스름한 피부색, 모공에서 흘러나오는 액체 등 엄마는 몸 바깥에서 무슨 일이 벌어지고 있는지조차 모르고 있었다. 거의 마비되다시피 한 손으로 자신의 몸을 더듬어 보기란 불가능했고, 치료를 받는 동안에는 머리가 뒤로 꺾여 있었기 때문이다. 이제는 거울을 달라고 하지도 않았다. 위독한 상태에 놓인 자신의 얼굴을 보는 건 엄마에게 중요한 문제가 아니었기 때문이다. 엄마는 우리가 늘어놓는 거짓말에 둘러싸여 회복될 거라는 간절한 희망을 가득 안고서는, 썩어 가는 육신으로부터 한없이 멀어진 상태로 가만히 누워 몽상에만 잠겨 있었다. 나는 귀찮기만 할 뿐 아무짝에도 소용없는 일들을 엄마가 겪게 하고 싶지 않았다.

"이제 이 약은 안 드셔도 돼요."

"먹는 게 더 나을 텐데"라고 말하면서 엄마는 석회 색깔의 물약을 삼켰다. 하지만 먹는 걸 힘들어했다.

"애쓰지 마세요. 그거면 충분하니까, 그만 드세요."

"그러냐?"라며 엄마는 약그릇을 살펴면서 망설였다.

"조금만 더 줘 보거라."

결국 나는 몰래 그릇을 감추고는 "다 드셨어요"라고 말했다. 오후가 되자 엄마는 애써 요구르트를 삼키려 했다. 종종 과일 주스를 달라고 하기도 했다. 조금씩 팔을 움직여 보았고, 조심스레 두 손을 들고 천천히 서로 맞닿게 해서 잔 모양을 만들고는 내가 계속해서 들고 있던 컵을 더듬거리며 받아 쥐었다. 그리고 나서는 몸에 좋다는 비타민을 빨대로 빨아 마셨다. 흡혈귀의 입이 탐욕스럽게 생명을 빨아 먹는 것처럼 보였다.

비쩍 마른 얼굴 위로 두 눈이 커지는 게 보였다. 엄마는 두 눈을 크게 뜬 상태로 움직이지 않았다. 엄청난 노력의 대가로 의식이 모호한 상태에서 벗어나고 있었다. 암흑 같은 호수 바닥에서 수면 위로 떠오르기 위한 노력이었다. 엄마는 그 일에 완전히 몰두했다. 그리고 마치 이제 막 시력을 지니게 되었다는 듯 심각한 얼굴로 나를 뚫어져라 쳐다보면서 "네가 보이는구나!"라고 말했다. 엄마는 매번 어둠 속에서 무언가를 다시 보기 위해 애써야만 했다. 지난 꿈속에서 손톱으로 이불을 움켜쥐고 구멍으로 떨어지지 않으려 애썼듯이, 가라앉지 않기 위해서는 눈에 보이는 세상에 매달려야 했기 때문이다.

살아야 해! 살아야만 한다!

수요일이었던 그날 저녁, 택시를 타고 가면서 나는 몹시 슬펐다. 랑콤, 우비강, 에르메스, 랑방 등 고급 상점이 즐비해 있는 그 동네를 지나는 길 구석구석을 나는 잘 알고 있었다. 신호에 걸려 피에르 카르댕 상점 앞에 자주 멈춰 서게 되었다.

펠트 모자, 속옷, 스카프, 구두, 앵클부츠 등 그다지 우아해 보이지 않는 상품들이 눈에 들어왔다. 연한 색깔을 한 폭신해 보이는 실내 가운이 가게 안쪽에 진열되어 있었다. 나는 장밋빛 잠옷을 대신할 잠옷 한 벌을 엄마에게 사 드려야겠다고 생각했다. 향수, 모피, 속옷, 보석. 죽음에게 내어 줄 자리 따위는 존재하지 않는 세계가 뿜어내는 호화로운 거만함의 표상이었다. 하지만 이러한 세계의 이면에 죽음이 숨겨져 있었다. 개인 병원, 종합 병원, 그리고 닫힌 병실이 간직하고 있는 침울한 비밀 속에 죽음이 깃들어 있었다. 그것이 내가 아는 유일한 진실이었다.

목요일에 엄마의 얼굴을 본 나는 여느 때와 마찬가지로 깜짝 놀라고 말았다. 전날보다 더 움푹 파이고 불안해 보였기 때문이다. 그러나 엄마는 볼 수 있는 상태였다. 나를 쳐다보더니 이렇게 말했다.

"네가 보이는구나. 머리칼이 온통 갈색인 것도 보이고."

"당연하죠, 제 머리칼이 항상 갈색이었다는 걸 잘 알고 계시잖아요."

"내가 떨어지지 않고 잘 매달려 있도록 하려고 너희 둘 다 하얀색 끈으로 된 실타래를 붙잡고 있었지."

엄마는 손가락을 움직였다.

"부었던 게 가라앉았어, 그렇지 않니?"

그러고는 잠이 들었다. 눈을 떴을 때 엄마가 내게 말했다.

"커다란 하얀색 소맷부리를 보게 될 때면, 잠에서 깰 시간이라는 걸 알 수 있지. 잠을 잘 때면 속치마 속에서 자는 듯한 느낌이 들고."

도대체 엄마는 어떤 기억과 환영에 사로잡혀 있는 것일까? 엄마는 언제나 바깥 세상에 관심을 기울이며 살아왔다. 그래서 급작스레 내면에서 헤매게 된 엄마를 보면 측은한 마음이 들었다. 엄마는 내면에 몰두하는 일을 방해받는 걸 더 이상 좋아하지 않았다. 이날 엄마의 친구 중 한 명인 보티에 씨가 지나치게 흥분한 상태로 가정부와 있었던 일을 엄마에게 들려주었다. 엄마가 눈을 감는 걸 본 나는 재빨리 그녀를 밖으로 데리고 나갔다. 내가 병실로 돌아왔을 때 엄마는 이렇게 말했다.

"환자한테 그런 이야기를 할 필요가 없어, 어찌 됐든 상관없거든."

그날 엄마 곁에서 밤을 보냈다. 엄마는 육체적 고통만큼이나 악몽을 두려워했다. N박사가 들렀을 때 엄마는 "필요한 만큼 주사를 놔 주시구려"라고 말하면서 주사를 놓는 간호사 흉내를 냈다. "이런, 이런! 이러다가 진짜 중독자가 되시겠습니다!"라고 말하면서 N박사는 농담 섞인 말투로 이렇게 덧붙였다.

"아주 싼값에 모르핀을 놔 드릴 수 있을 겁니다."

그러더니 얼굴을 굳히며 냉랭한 목소리로 내게 이런 말을 내뱉었다.

"자기 자신을 존중할 줄 아는 의사라면 절대 타협하려 하지 않는 두 가지가 있습니다. 그건 바로 마약과 낙태입니다."

금요일은 별다른 일 없이 지나갔다. 토요일에 엄마는 내내 잠만 잤다. 푸페트가 "잘하고 계신 거예요. 쉬는 거니까요"라고 말하자 엄마는 한숨을 쉬며 이렇게 답했다.

"오늘 하루를 살지 못한 셈이야."

삶을 그렇게도 열렬히 사랑하는 사람이 죽음을 받아들이기란 힘든 법이다. 그날 저녁 의사들은 우리에게 "어머니께서는 두세 달 정도 버티실 수 있을 겁니다"라고 말했다. 그게 사실이라면 우리가 곁에 없는 상황에서도 엄마가 몇 시간 정도 지내는 데 익숙해지도록 시간표를 짤 필요가 있었다. 푸페트는 전날 남편이 파리에 온 관계로 엄마가 자기 없이 쿠르노 씨과 단둘이 그날 밤을 보내게 하기로 결정했다. 푸페트는 아침나절에, 마르트는 오후 2시 반에, 그리고 나는 오후 5시에 오기로 계획을 짰다.

5시에 나는 병실 문을 밀고 들어섰다. 블라인드가 내려진 상태라 방 안에는 빛이 거의 들어오지 않았다. 기진맥진해져 오른쪽으로 불쌍하게 축 늘어진 엄마의 손을 마르트가 잡고 있었다. 왼쪽 엉덩이의 욕창이 그대로 드러나 있었다. 그렇게 누워 있으면 아픔은 덜했지만 자세가 불편해진 탓에 엄마는 몹시도 피곤해했다. 사람들이 호출용 벨을 끈으로 이불에 매달아 놓는 걸 깜빡 잊어버리는 바람에 엄마는 불안에 떨면서 11시까지 푸페트와 리오넬이 오기를 기다렸다고 했다. 버튼이 문 밖에 있어서 누군가를 호출할 방도가 없었기 때문이다. 병문안 차 들른 친구 타르디외 부인이 보는 앞에서 엄마는 동생을 이렇게 나무랐다.

"바보 같은 이들에게 나를 맡겨 놓다니!"(엄마는 일요일에 당직을 서는 간호사들을 싫어했다.)

그러고 나서 기력을 되찾고는 짓궂게 리오넬을 놀려댔다.

"자네는 이 장모에게서 벗어나고 싶지? 하지만 어쩌나, 아직은 때가 아닌걸."

점심을 먹고 나서 한 시간 정도 혼자 있게 되자 엄마는 다시 불안해했다. 열에 들뜬 목소리로 엄마가 내게 말했다.

"나를 혼자 두지 마라, 난 아직도 기력이 너무나 없어. 나를 바보 같은 사람들에게 맡겨 놓지 마라!"

"이제는 그러지 않을 거예요."

마르트가 떠나고, 잠이 들었던 엄마가 소스라치게 놀라며 잠에서 깨어났다. 오른쪽 엉덩이가 아팠기 때문이었다. 공트랑 씨가 자세를 바꿔 주었지만 엄마는 계속해서 신음 소리를 냈다. 내가 간호사를 다시 호출하려 하자 엄마가 말했다.

"소용없어. 또 공트랑 씨가 올 테니까. 그 여자는 도통 할 줄 아는 게 없어."

엄마가 느끼는 고통은 상상의 산물이 아니었다. 그것은 생체 기관을 통해 뚜렷하게 느껴지는 고통이었다. 하지만 어느 정도까지는 파랑 양이나 마르탱 양의 처치로 완화되곤 했다. 반면 똑같은 처치를 해도 공트랑 씨는 엄마를 안심시키지 못했다. 그래도 엄마는 다시 잠이 들었다. 6시 반경, 엄마는 기분 좋게 수프와 크림을 먹었다. 그런데 갑자기 왼쪽 엉덩이가 불에 타는 듯하다며 비명을 질렀다. 뜻밖이라고 할 수는 없었다. 살갗이 벗겨진 부위가 피부 안쪽에서 스며 나온 요산에 젖어 든 탓이었다. 간호사들이 시트를 갈 때 손가락이 타는 듯한 느낌을 받은 것도 그래서였다. 나는 공포에 사로잡혀 여러 차례 호출 벨을 눌렀다. 짧았던 그 순간이 얼마나 길게 느껴지던지! 나는 엄마의 손을 잡고 이마를 어루만져 주면서 말했다.

"주사를 놔 드릴 거예요. 그러면 더 이상 아프지 않을 거예요. 1분, 1분이면 돼요."

엄마는 내 손을 꽉 쥔 채 절규에 가까운 신음 소리를 내며 말했다.

"불에 타는 것 같아, 너무나 끔찍해, 못 참겠어, 참을 수가 없어."

그러고는 반쯤은 흐느끼면서 이렇게 말했다.

"너무나도 불행하구나."

내 마음을 찢어 놓는 어린애 같은 목소리였다. 엄마는 완전히 혼자였다! 엄마를 어루만지고 그녀에게 말을 걸어 줄 수는 있었지만, 지금 엄마가 느끼는 고통을 함께 나누기란 불가능했다. 엄마의 심장박동이 빨라지고 눈이 뒤집혔다. 나는 '돌아가시겠구나'라고 생각했다. 엄마는 "정신을 잃을 것 같다"고 중얼거렸다. 마침내 공트랑 씨가 모르핀 주사를 놓았다. 소용이 없었다. 나는 다시 벨을 눌렀다. 아무도 곁에 없고 누군가를 호출할 수도 없던 그날 아침에 엄마가 이런 고통을 겪었을 수도 있다고 생각하니 너무나도 무서웠다. 한시도 엄마 곁을 떠나지 말아야겠다고 생각했다. 이번에는 간호사들이 진정제를 놓고 시트를 간 뒤 상처 부위에 금속 같은 광택이 나는 연고를 발라 주었다. 타는 듯한 증상이 사라졌다. 그 증상은 겨우 15분간 지속되었지만, 그 15분이 영원처럼 느껴졌다.

그는 몇 시간 동안이나 울부짖었다.

"바보 같아. 너무나 바보 같구나!"라고 엄마가 말했다. 그랬다. 너무나 바보 같은 짓이었다. 이제 나는 의사들은 물론이거니와 동생과 나 자신조차 이해할 수 없었다. 헛되이 엄마를 괴롭히는 이 순간들을 그 무엇으로도 정당화할 수 없었기 때문이다.

월요일 아침에 나는 푸페트와 전화로 이야기를 나눴다. 마지막 순간이 다가오고 있다는 이야기였다. 수종이 없어지지 않아 배 위에 난 수술 부위가 제대로 아물지 못하고 있는 상황이었다. 의사들은 간호사들에게 진통제로 엄마의 의식을 마비시키는 수밖에 없다고 말했다.

2시경, 동생이 넋이 나간 상태로 114호실 문 앞에 있는 걸 보았다. 마르탱 양에게 "어제처럼 엄마가 아파하는 일이 없도록 해 주세요"라고 말했는데 "하지만 보호자분, 단지 욕창 때문에 주사를 그렇게 많이 맞으면 고통이 더 심해졌을 때 모르핀 효과를 보지 못하게 될 거예요"라는 대답을 들었다고 했다. 동생의 질문 세례에 못 이겨 마르탱 양이 설명해 준 바에 따르면, 엄마와 비슷한 경우의 환자들은 보통 끔찍한 고통 속에서 죽음을 맞이한다고 했다.

나를 불쌍히 여겨 주시오. 나를 죽여 달란 말이오.

그렇다면 P박사가 거짓말을 한 것일까? 권총 한 자루를 손에 넣어 엄마를 죽인다. 혹은 엄마의 목을 조른다. 몽상에 가까운 무의미한 환상일 뿐이었다. 하지만 그렇다고 해서 몇 시간 동안 엄마가 울부짖는 걸 듣고만 있을 수도 없는 노릇이었다.

"P박사에게 말해 보자."

P박사가 나타나자 우리는 그를 붙들고 물어보았다.

"어머니께서 고통받지 않으실 거라 약속하셨잖아요."

"어머니께서는 고통스럽지 않으실 겁니다."

엄마의 생명을 어떻게 해서든지 연장해 고통 속에서라도 일 주일을 더 살게 하려 했다면, 진즉에 수술을 다시 하고 수혈을 받게 하고 강장 주사를 놔 드렸을 거라고 말했다. 그랬다. N박 사 역시 아침에 푸페트에게 이렇게 말했다고 했다.

"가능한 한도 내에서 해야 할 것을 다한 상황입니다. 지금으 로서는 어머니의 죽음을 늦추고자 하는 게 오히려 가혹한 행위 가 될 수 있습니다."

하지만 우리는 엄마를 이렇게 내버려 두는 것만으로는 충분 치 않다고 생각했다. 우리는 P박사에게 물었다.

"모르핀 주사를 맞으면 큰 고통을 안 느끼실까요?"

"어머니께 필요한 약을 처방해 드리겠습니다."

그는 확신에 차서 말했고 그런 그에게 믿음이 갔다. 우리는 마음이 진정되었다. 그는 붕대를 갈기 위해 엄마의 병실로 들 어갔다. "주무시고 계세요"라고 우리가 말하자 그는 "어머니 께서는 제가 여기에 있다는 것조차 알아차리지 못하실 겁니 다"라고 말했다. 그가 병실에서 나갈 때까지 엄마는 잠을 자는 듯했다. 문득 전날 엄마가 느꼈던 불안감을 떠올린 나는 푸페트에게 이렇게 말했다.

"엄마가 눈을 떴을 때 곁에 아무도 없는 상태여서는 안 돼."

동생이 문을 열다가 창백한 얼굴로 나를 향해 돌아서서는 흐느끼며 의자에 주저앉았다.

"엄마의 배를 봤어!"

나는 그 애에게 줄 진정제를 가지러 갔다. P박사가 병실에 들어왔을 때 동생이 말했다.

"엄마의 배를 봤어요! 끔찍했어요!"

그는 조금 당황해하면서 "천만에요, 정상적인 겁니다"라고 답했다. 푸페트는 내게 "엄마가 산 채로 썩어 가고 있어"라고 말했다. 나는 그 애에게 아무런 질문도 하지 않았다. 대신 우리는 수다를 떨었다. 그러고 나서 나는 엄마의 머리맡에 가 앉았다. 하얀색 실내복 위에 얹힌 검은 색깔의 가느다란 끈이 숨을 쉴 때마다 아주 조금씩 움직이지 않았더라면 엄마가 죽었다고 생각할 뻔했다. 6시경에 엄마는 눈을 떴다.

"그런데 몇 시인 게냐? 도통 시간을 가늠할 수가 없구나. 벌써 밤인 거냐?"

"오후 내내 주무셨어요."

"마흔여덟 시간이나 잠을 잤구나!"

"그렇지 않아요."

나는 전날 있었던 일을 환기해 주었다. 엄마는 창문 너머로 멀리 보이는 어둠과 네온사인을 응시했다.

"뭐가 뭔지 모르겠다."

엄마는 상처 입은 듯한 목소리로 여러 번 이렇게 중얼거렸다. 누가 병문안을 왔었는지, 엄마를 대신해 내가 받은 전화가 누구한테 걸려 온 것이었는지를 엄마에게 알려 주었다.

"상관없다."

엄마가 말했다. 엄마는 자신이 왜 놀랐었는지를 곰곰이 돌이켜 생각했다.

"의사들이 하는 말을 들었어. 의식을 마비시켜야 한다고 말하더구나."

이번만은 의사들이 부주의했던 셈이다. 나는 전날처럼 아프지 않게 하려고, 또 욕창이 낫기를 기다리는 동안 잠을 충분히 자게 하려고 그렇게 한 것이라고 설명했다.

"알겠다. 그래도 며칠을 버리게 된 셈이잖니."

엄마가 질책하듯 말했다.

오늘 하루를 살지 못했구나.

며칠을 버리게 된 셈이잖니.

엄마에게 매일은 그 무엇과도 바꿀 수 없는 값진 것이었다. 게다가 엄마는 죽어 가고 있지 않은가. 엄마는 자신이 죽어 가고 있다는 걸 모르고 있었지만 나는 알고 있었다. 엄마를 대신해서 나는 체념하지 않고 있었다.

엄마는 수프를 조금 마셨다. 그러고 나서 우리는 푸페트를 기다렸다.

"여기서 자느라 그 애가 고생하는구나."

"그렇지 않아요."

엄마는 한숨을 내쉬더니 "상관없다"라고 말했다. 그리고 잠시 생각하다가 이렇게 말했다.

"모든 게 나랑 상관없다고 느껴지는 이 상황이 걱정되는구나."

다시 잠이 들기 전 엄마는 의심스럽다는 듯이 내게 물었다.

"그런데 사람들의 의식을 그렇게 마비시킬 수 있는 거니?"

항의를 하는 걸까? 지금 생각해 보니 내가 자신을 안심시켜 주길 바랐던 듯하다. 자신이 혼수상태에 빠지게 된 건 인위적인 결과이지 죽음이 가까워졌음을 의미하는 게 아니라는 말을 듣고 싶었던 것이다.

쿠르노 씨가 병실에 들어서자 엄마가 눈을 떴다. 엄마는 눈동자를 굴리면서 초점을 맞추고는, 세상을 처음 본 어린애만큼이나 진지하고 날카로운 눈빛으로 간병인을 뚫어져라 쳐다보았다.

"그런데 당신은 누구요?"

"쿠르노 씨잖아요."

"이 시간에 왜 여기 있는 거요?"

"밤이 됐으니까요" 하고 내가 답했다. 눈을 크게 뜨고 엄마는 쿠르노 씨에게 물었다.

"그래서 어쨌다는 거요?"

"잘 아시면서요. 제가 매일 밤 부인 곁에 있었잖아요"라고 쿠르노 씨가 답했다. 엄마는 책망하듯 말했다.

"그것 참 이상한 생각이구려!"

나는 떠날 채비를 했다.

"가는 게냐?"

"제가 가는 게 싫으세요?"

엄마가 다시금 "상관없다. 어찌 됐든 상관없어"라고 대답했다.

나는 병실을 곧장 나서지는 않았다. 엄마가 오늘 밤을 넘기기 힘들 거라는 말을 주간에 근무하는 간호사에게서 전해 들었기 때문이다. 맥박은 48에서 100 사이였다. 10시경, 맥박이 안정되었다. 푸페트는 잠이 들었고 나는 집으로 돌아왔다. 그날 P박사가 우리를 속인 건 아니었다는 생각이 확실히 들었다. 하루나 이틀 후면 큰 고통 없이 엄마가 돌아가실 듯했기 때문이다.

엄마는 정신이 맑은 상태로 잠에서 깨어났다. 통증을 느끼는 즉시 진정제를 놓았다. 내가 3시 즈음 도착했을 때 엄마는 자고 있었고 샹탈이 머리맡에 있었다. 잠시 뒤 엄마는 내게 이렇게 말했다.

"가엾은 샹탈. 할 일이 많은 앤데 내가 시간을 뺏고 있어."

"하지만 본인이 원해서 하는 건데요. 엄마를 많이 좋아하니까요."

생각에 잠겼던 엄마가 놀랍고도 가슴 아프다는 듯한 기색으로 내게 이렇게 말했다.

"내가 누군가를 좋아하는지 어쩐지 통 모르겠구나."

나는 엄마가 자랑스럽다는 듯 "내가 명랑하니까 사람들이 나를 좋아하지"라고 말했던 걸 떠올렸다. 그런데 많은 이들이 엄마에게 조금씩 귀찮은 존재가 되어 갔다. 그리고 이제 엄마의 마음은 완전히 무감각해졌다. 피로감에 완전히 잠식당한 결과였다. 그런데 무심함을 담고 있는 이 말은, 엄마가 지금껏 했던 그 어떤 애정 어린 말보다 더욱 더 나를 감동케 했다. 예전에 엄마는 관례적으로 했던 교양 있는 말이나 판에 박힌 행동 들로 자신이 진짜로 느끼고 있는 바를 감추곤 했기 때문이다. 나는 그러한 표현과 행동의 부재가 엄마에게 남긴 냉담함의 정도에 비추어 그녀가 진짜로 느끼고 있는 감정이 얼마나 뜨거울지 가늠해 보았다.

잠이 든 엄마의 숨결이 얼마나 가늘던지 나는 '이대로 조용히 숨이 멈출 수 있다면' 하고 생각하기까지 했다. 하지만 목에 건 검은색 가는 끈이 오르락내리락하고 있었다. 죽음의 문턱을 넘어서기란 그렇게나 쉽지 않은 일이었다. 엄마가 부탁한 대로 요구르트를 드시게 하기 위해 5시에 엄마를 깨웠다.

"네 동생이 그렇게 하라고 했어. 건강에 좋은 거라면서."

엄마는 요구르트를 두세 숟갈 정도 먹었다. 나는 어딘가에서 죽은 자의 무덤 위에 놓아둔다는 음식들에 대해 생각했다. 나는 엄마에게 카트린이 전날 "가장 늦게 핀 메리냑의 장미"라면서 가져온 장미꽃 한 송이의 향기를 맡아 보라고 했다. 하지만 엄마는 장미꽃을 멍하니 쳐다볼 뿐이었다. 다시 잠이 들었던 엄마가 엉덩이 부위가 타는 듯 아픈 바람에 깨어났다. 모르핀 주사를 맞았지만 효과가 없었다. 이틀 전처럼 나는 엄마의 손을 잡고 힘을 북돋웠다.

"조금만 참으면 주사를 맞은 효과가 나타날 거예요. 조금 있으면 괜찮아질 거예요."

"잔혹한 형벌이기 짝이 없구나."

너무나도 지쳐 하소연할 기운조차 없어진 엄마가 생기 없는 목소리로 이렇게 말했다. 나는 또다시 간호사를 호출해 모르핀 주사를 한 번 더 놔 달라고 요구했다. 어린 파랑 양이 침대를 정돈하고는 손이 얼음장처럼 차가워진 채로 잠이 든 엄마의 위치를 조금 이동시켰다. 6시에 가져온 저녁 식사를 내가 되돌려 보내자 병실 담당 직원이 투덜거렸다. 임종의 순간과 죽음이 일상사가 되어 버린 병원에서 인정사정없이 반복되고 있는 일과였다. 7시 반에 엄마가 내게 이렇게 말했다.

"아! 이제 기분이 좋구나. 정말 좋아. 이렇게 기분이 좋은 게 정말 오랜만이야."

잔의 맏딸이 와서는 내가 엄마에게 약간의 수프와 커피를 넣은 크림을 먹이는 걸 도와주었다. 호흡 곤란 증세의 초기 증상으로 인해 엄마가 계속해서 기침을 했기 때문에 먹이기 힘들었다. 푸페트와 쿠르노 씨가 나더러 집에 가 보라고 했다. 오늘 밤에는 아무 일도 일어나지 않을 듯한데 내가 옆에 있으면 오히려 엄마가 걱정한다는 것이었다. 엄마에게 입맞춤을 하자 엄마는 흥하게 미소를 지으며 말했다.

"내 상태가 이렇게 좋아진 걸 네가 보고 가서 다행이구나!"

신경 안정제를 먹고는 밤 12시 반에 잠이 들었다. 잠에서 깼을 때 전화벨이 울리고 있었다.

"몇 분 안 되었어. 마르셀이 차로 언니를 데리러 갔어."

리오넬의 사촌인 마르셀이 나를 태우고 인적이 끊긴 파리를 전속력으로 가로질렀다. 포르트 샹페레 근처에 있는 문을 연 어느 술집 카운터에 서서 커피를 한 잔 들이켰다. 푸페트가 병원 정원으로 우리를 마중 나왔다.

"돌아가셨어."

우리는 병실로 올라갔다. 그토록 기다렸으면서도 한 번도 생각해 본 적이 없던 시신의 모습을 한 존재가 엄마 대신 침대에 누워 있었다. 시신의 손과 이마는 차가웠다. 그건 여전히 엄마였지만, 앞으로 엄마는 영원히 세상에 존재하지 않을 터였다. 움직이지 않는 얼굴을 둘러싼 가제 천이 턱을 받치고 있었다. 동생이 입혀 드릴 옷을 찾으러 블로메 거리에 있는 엄마의 집에 가려 했다.

"뭐 하려고?"

"다들 그렇게 하던데."

"우리는 그렇게 하지 말자."

시내로 저녁 식사를 하러 나갈 때처럼 엄마에게 원피스를 입히고 구두를 신길 생각은 없었다. 엄마도 그걸 바라지는 않을 거라 생각했다. 유해가 된 자신의 모습이 어떨지 관심 없다는 말을 자주 했으니 말이다.

"긴 잠옷 중 하나를 입혀 드리면 충분해요."

나는 쿠르노 씨에게 말했다.

"결혼반지는 어쩌지?"

푸페트가 탁자 서랍에서 반지를 꺼내면서 물었다. 우리는 그

걸 엄마의 손가락에 끼워 드렸다. 왜 그랬을까? 금으로 된 이 작은 둥근 고리가 있을 자리가 이 세상에는 없다고 생각했기 때문이었던 듯하다.

푸페트는 녹초가 된 상태였다. 더 이상 엄마라고 할 수 없는 시신을 마지막으로 한 번 본 뒤 나는 재빨리 그 애를 데리고 나왔다. 그러고는 돔 식당으로 가서 마르셀과 함께 바에서 한잔했다. 푸페트가 이야기를 들려주었다.

9시에 N박사가 병실에서 나오더니 화를 내며 이렇게 말했다고 한다.

"또다시 수술 부위가 벌어져 봉합 스테이플러가 튀어나왔어요. 저 환자를 위해 할 수 있는 건 다했는데 말입니다. 정말 짜증나는 상황이군요!"

그는 그렇게 동생을 넋이 나가게 해 놓고는 자리를 떴다고 했다. 손이 얼음장같이 차가운데도 불구하고 엄마는 너무나 덥다며 신음했고 조금 힘들게 숨을 쉬었다. 그러다가 주사를 맞고는 잠이 들었다고 한다. 푸페트는 옷을 벗고 누운 채 탐정 소설을 읽는 시늉을 했다. 자정 무렵 엄마가 경련을 일으켰다. 푸페트와 간병인이 침대로 다가가자 엄마가 눈을 뜬 채 이렇게 말했다고 한다.

"여기서 뭐 하는 거냐? 왜 그렇게 걱정하는 표정을 짓고들 있어? 나는 아주 괜찮아."

"엄마가 악몽을 꾸신 듯해서요."

이불을 정돈해 드리면서 쿠르노 씨가 엄마의 발을 만져 보았다. 죽음의 냉기가 발을 뒤덮고 있었다. 동생은 내게 전화할까 말까 망설였다고 한다. 이 시간에 내가 병실에 나타난다면 의식이 또렷한 엄마가 그로 인해 불안해할까 봐 걱정됐기 때문이었다. 동생은 다시 누웠다. 새벽 1시에 엄마가 다시금 몸을 움직였다. 장난기 어린 목소리로 엄마는 아빠가 부르곤 했던 옛 노래 한 구절을 중얼거렸다고 한다.

"가는구나, 우리를 두고 너는 떠나가는구나."

"무슨 말씀이세요, 전 엄마를 두고 가지 않을 거예요"라고 푸페트가 말하자 엄마는 알았다는 듯이 희미하게 웃어 보였다고 한다. 엄마는 점점 더 숨쉬기 힘들어했다. 주사를 다시 놓자 엄마는 다소 희미한 목소리로 이렇게 중얼거렸다.

"미뤄야…… 만해…… 조금."

"지금 미뤄야 한다고요?"

"아니, 죽음을."

엄마가 죽음이라는 단어를 매우 강하게 강조해서 말했다고 한다. 그러고는 이렇게 덧붙였다.

"죽고 싶지 않구나."

"그럼요, 엄마는 다 나으신걸요!"

그러고 나서 엄마는 조금은 헛소리를 했다.

"내 책을 발표할 시간이 있었으면 좋았을 것을……. 그 여자는 자기가 원하는 사람에게 젖을 물려야 해."

동생은 옷을 입었다. 엄마가 의식을 거의 잃어 가고 있었기 때문이었다. 갑자기 엄마가 외쳤다.

"숨이 막혀."

입이 벌어지고, 살이 쏙 빠진 얼굴에서 유난히 커 보였던 두 눈이 부풀어 오르듯이 확장됐다. 경련을 일으키면서 엄마는 혼수상태에 빠져들었다. 쿠르노 씨가 "언니분께 전화 드리세요"라고 말했다. 푸페트가 전화를 걸었지만 나는 받지 않았다. 교환원이 30분이나 계속해서 전화를 걸고 나서야 나는 잠에서 깨어났다. 그사이 푸페트는 이미 의식을 잃은 엄마 곁을 지켰다. 심장이 곤두박질치는 가운데 아무것도 보이지 않는 흐릿한 눈을 하고는 주저앉은 채 숨만 겨우 쉬면서 말이다. 그리고 그렇게 끝이 났다.

"의사들 말로는 촛불이 꺼지듯이 돌아가셨대. 하지만 그렇지 않았어, 전혀 그렇지 않았다고."

동생은 흐느끼며 말했다. 간병인이 답했다.

"하지만 보호자분, 제가 보증하건대 어머니께서는 아주 편안히 죽음을 맞이하셨어요."

V

평생 동안 엄마는 암에 걸릴까 봐 무서워했다. 그래서 병원에서 방사선 촬영을 했을 때도 아마도 그 점을 걱정했을 것이다. 수술을 받고 나서는 단 한순간도 그런 생각을 하지 않았다. 어떤 날에는 자기 나이로서는 감당하기 힘든 충격을 받고 나서 살아남지 못하게 될 걸 두려워하기도 했다. 그러나 자기가 받은 수술이 심각하긴 하지만 치료 가능한 복막염 수술이라는 것, 그 점에 대해서만큼은 믿어 의심치 않았다.

우리를 가장 놀라게 했던 건 엄마가 사제의 방문을 결코 요구하지 않았다는 점이다. 심지어 "시몬을 다시는 보지 못하겠구나!"라고 한탄하면서 무척 슬퍼했던 그날에도 말이다. 엄마는 마르트가 가져온 미사 경본이나 십자고상, 묵주를 서랍에서 꺼내는 일조차 하지 않았다. 어느 날 아침, 잔이 "프랑수아즈 이모, 일요일인데 영성체를 하지 않으실래요?"라고 제안하자 엄마는 이렇게 답했다.

"이런, 애야! 너무 피곤해서 기도를 드릴 수가 없구나. 하느님은 인자하시니 용서해 주실 게다."

푸페트가 있는 자리에서 타르디외 부인이 고해 신부를 병실에 초대하고 싶지 않은지를 집요하게 묻자, 엄마는 얼굴을 굳히며 "너무 피곤하네요"라고 말하고 나서는 대화를 끝내자는 표시로 두 눈을 감아 버렸다. 다른 오랜 친구가 병문안을 다녀간 후에는 잔에게 "한심한 루이즈가 내게 이상한 질문을 하더구나. 병원에 부속 사제가 있냐는 거야. 너도 알다시피 나는 전혀 관심이 없는데도 말이다!"라고 말하기도 했다.

생탕주 부인은 이렇게 말하면서 우리를 귀찮게 하기도 했다.

"어머니께서 불안해하시는 걸 보니 종교에서 위안을 받길 원하시는 게 분명해요."

"어머니께서는 그걸 바라지 않으세요."

"하지만 어머니께서는 나와 다른 친구들에게서 당신께서 죽음을 잘 맞이할 수 있도록 도와주겠노라는 약속을 받아 내신 적이 있는걸요."

"지금 이 순간 어머니께서 바라시는 건 당신이 회복하실 수 있도록 우리가 돕는 것입니다."

사람들은 우리를 비난했다. 엄마가 병자성사를 받지 못하도록 방해한 것은 아니겠지만, 그렇게 하도록 밀어붙이지도 않았다고 말이다. 하지만 그렇게 하려면 엄마에게 "암에 걸리셨어요. 돌아가실 거예요"라고 털어놓아야 하는 상황에 봉착했을 것이다. 확신하건대 신앙심만을 중시하는 사람들 사이에 엄마를 있게 했더라면, 그들은 엄마가 곧 돌아가시게 될 거라는 걸 미리 알렸을 게 분명하다(그들과 같은 입장이었다면 나 역시 엄마가 연옥에서 수세기를 보내야 하는 형벌을 받을 정도의 반항 죄를 짓게끔 부추기고 있지는 않은지 걱정하면서 무서워했을 것이다). 엄마는 이들을 마주하고 싶어 하지 않았다. 병상 주변이 젊은이들의 웃음으로 가득하길 바랐다. 조카 손녀들에게 "양로원에 들어가게 되면 나 같은 늙은이들은 충분히 보게 될 테니 말이다"라고 말하곤 했으니 말이다. 엄마는 잔, 마르트, 그리고 신앙심은 깊었지만 이해심 역시 많아 우리의 거짓말을 묵인하고 넘어가 준 친구 두세 명과 함께 있을 때 안전하다고 느끼곤 했다. 다른 이들은 믿지 않았고 이들 중 몇 사람에 대해서는 앙심을 품은 듯 말하기도 했다. 자신의 휴식을 방해할 만한 자가 누구인지를 놀랄 만큼 본능적으로 간파하고 있다는 듯 엄마는 이렇게 말했다.

"그 모임의 부인네들 말이다. 다시는 만나지 않을 테다. 그 모임에 다시는 가지 않을 거야."

사람들은 이렇게 생각할 것이다.

"프랑수아즈 부인의 신앙은 피상적이고 말뿐인 것이었어. 고통과 죽음 앞에서 신앙을 지키지 못한 걸 보니 말이야."

나는 신앙이란 게 무엇인지 모르겠다. 하지만 엄마에게 종교는 삶의 버팀목이자 핵심이었다. 엄마의 검은색 서랍에서 찾아낸 문서를 통해 우리는 그 점을 확인할 수 있었다. 만약 엄마가 기도를 기계적으로 하는 단조로운 행위라고 생각했다면, 낱말 맞추기보다 묵주신공이 더 피곤한 일이라고 느끼진 않았을 것이다. 엄마가 기도를 회피했던 건 오히려 그녀가 기도를 집중력과 성찰을 요하는 일종의 수련, 즉 영혼을 어떤 상태에 이르게 하는 행위로 보았기 때문이라고 생각한다. 엄마는 신에게 해야 할 말이 무엇인지를 알고 있었다. "저를 치유해 주소서. 하지만 당신이 뜻하신 바라면 죽음을 받아들이겠습니다"라는 말이 그것이었다. 그러나 엄마는 죽음을 받아들이지 않았다. 진실해야 하는 기도의 순간에 엄마는 거짓을 말하고 싶지 않았던 것이다. 그렇다고 해서 엄마가 신의 뜻을 거스를 수 있는 권리를 자신에게 허락한 것은 아니었다. 그래서 엄마는 침묵을 택한 것이었다. "하느님은 인자하시니"라고 말하면서.

"이해할 수가 없네요"라며 보티에 씨가 놀랍다는 듯 내게 말했다.

"그렇게 믿음이 깊고 독실하신 어머니께서 죽음을 그리 두려워하시다니요!"

성녀들 역시 울부짖고 경련을 일으키면서 죽어 갔다는 걸 이 여자는 모른단 말인가? 게다가 엄마는 신도 악마도 두려워하지 않았다. 단지 이 세상을 떠나는 걸 두려워했을 뿐이다. 반면에 나의 할머니는 자신이 죽게 되리라는 걸 알고 있었다. 만족한다는 듯 할머니는 이렇게 말했다.

"마지막으로 반숙 달걀을 하나 먹고 나서 귀스타브와 재회하러 가야겠구나."

할머니는 사는 일에 그리 열정을 보이지 않았다. 여든네 살이었던 할머니는 우울해하면서 그럭저럭 살아가고 있었다. 그래서 죽는다는 사실로 인해 그다지 혼란스러워하지 않았다. 내 아버지 역시 할머니 못지않게 용기 있는 모습을 보여주었다.

"네 어머니에게 말해 신부가 오지 않게 해라. 연극을 하고 싶진 않구나."

아버지는 내게 이렇게 말했다. 그러고 나서는 몇 가지 실질적인 문제에 대한 지시를 내렸다. 파산하게 되면서 신경이 날카로워진 아버지는 할머니가 천국을 믿은 만큼이나 평온하게 완전한 소멸을 받아들였다. 엄마는 나처럼 삶을 사랑했고, 그래서 나와 마찬가지로 죽음에 대해 반항심을 느꼈다. 엄마의 임종을 기다리는 동안 나는 최근에 발표한 책에 대한 언급을 담은 편지를 많이 받았다. 독실한 신자들은 가시 돋친 투로 동정하듯 이렇게 편지를 써 보냈다.

"당신이 신앙을 잃어버리지만 않았어도 그렇게나 죽음을 두려워하지는 않았을 겁니다."

호의적인 독자들은 나를 이렇게 격려하기도 했다.

"사라진다는 건 아무것도 아닙니다. 당신의 작품이 남을 테니까요."

나는 이들에게 마음속으로 답했다. 당신들 모두 잘못 생각하고 있습니다, 라고. 종교는 나나 어머니 모두에게 죽고 나서 거둘 성공에 대한 희망이 될 수 없었다. 천국에서든 지상에서든 영원불멸하길 꿈꾸는 것은 삶을 사랑하는 이들에게 있어 죽음에 대한 위로가 될 수 없기 때문이다.

VI

의사가 증상을 처음으로 발견한 순간 바로 암이라는 걸 알아냈더라면 어찌 되었을까? 아마도 방사선 치료를 했을 테고 그로 인해 엄마는 2~3년 더 살았을지도 모른다. 하지만 엄마는 자신의 병이 무엇인지를 알거나 혹은 적어도 짐작했을 것이고 두려움에 떨면서 생의 마지막 시기를 보냈을 것이다. 우리가 슬퍼하는 이유는 의사의 잘못된 생각에 속아 넘어갔기 때문이다. 그렇지만 않았어도 우리는 엄마의 행복을 가장 우선적으로 고려했을 것이다. 그랬다면 당시 여름, 엄마를 초대하지 못했던 잔과 푸페트의 사정은 중요치 않았을 것이다. 내가 엄마를 더 많이 만나고, 엄마를 즐겁게 할 수 있는 계획들을 생각해 내면 되었을 테니까.

의사들이 엄마의 의식을 회복시키고 수술하도록 허락한 걸 후회해야 할까 아니면 후회하지 말아야 할까? 단 하루도 버리지 않길 원했던 엄마는 수술을 받은 덕분에 30일을 벌었다. 그렇게 보자면 의사들이 엄마를 기쁘게 한 셈이었다. 하지만 불안과 고통 역시 안겨 주었다. 그래도 가끔 엄마를 위태롭게 하는 듯 보였던 극심한 고통을 피해 가기는 했으므로, 엄마를 대신해서 내가 결론을 내릴 수는 없을 듯하다. 동생의 경우, 엄마를 다시 만난 바로 그날로 엄마와 사별했다면 헤어 나오기 힘든 충격에 빠졌을 것이다. 그렇다면 나는 어땠을까? 지난 4주는 엄마가 수요일 아침에 세상을 떠났더라면 알지 못했을 온갖 이미지와 악몽, 슬픔을 내게 남겼다. 하지만 내가 전혀 예상하지 못한 방식으로 슬픔을 터뜨렸다는 점에 비추어 볼 때, 그날 엄마가 돌아가셨을 경우 내가 느꼈을 심리적 타격이 얼마나 컸을지를 가늠하기란 불가능하다고 생각한다. 그러나 엄마의 죽음이 늦춰진 결과, 어떤 면에서 우리는 얻은 게 있었다. 그 덕분에 거의 후회하지 않을 수 있었기 때문이다. 소중한 누군가를 잃게 되었을 때, 사람들은 가슴을 도려내는 듯한 수많은 후회 속에서 살아남았다는 죄책감에 괴로워한다. 소중한 사람의 죽음을 통해 우리는 그가 그 누구도 대신할 수 없는 독자적인 존재라는 사실을 깨닫는다. 죽음을 계기로 그는, 자신의 부재로 인해 완전히 소멸하는 동시에 반대로 자신의 현존 덕분에 온전히 존재할 수 있는 이 세계만큼이나 거대한 존재가 되기에 이른다. 그리고 그는, 우리 삶에서 더 크고 많은 자리를 차지했어야 했던 존재, 극단적인 경우에는 우리 삶 전부에 해당하는 존재로까지 여겨지게 된다. 이 과정에서 사람들은 그가 다른 이들 중 한 사람에 불과한 존재라는 사실을, 정신을 잃을 정도로 아찔함을 자아내는 이 사실을 외면하고자 한다. 그러나 자신에게 스스로 부과한 한계—물론 한계의 범위를 정하는 기준은 사람마다 다를 테지만—내에서 살아가고 있는 우리로서는 누군가를 위해서 최선을 다하기란 절대로 불가능하다. 그렇기에 우리에게는 우리자신을 비난할 여지가 여전히 남게 된다. 엄마와 관련해서 나와동생은 특히나 비난받아 마땅했다. 말년에 접어든 엄마를 돌보길 게을리했고 자주 찾아뵙지 않았으며 심지어 피하려고 했기때문이다. 엄마에게 헌신했던 그 며칠로, 우리가 곁에 있다는사실 덕분에 엄마가 느낀 마음의 평화로, 그리고 두려움과 고통에 맞서 얻어 낸 승리로, 엄마를 등한시했던 지난 세월에 대한죗값을 치른 듯했다. 우리가 끝까지 정성을 들이지 않았더라면엄마는 더욱 고통스러워했을 테니 말이다.

　사실 엄마는 비교적 편안히 죽음을 맞이하셨다.

　나를 바보 같은 사람들에게 맡겨 놓지 마라.

　이렇게 호소할 수 있는 이가 한 명도 없는 처지에 놓인 모든사람에 대해 나는 생각했다. 기댈 곳 하나 없이, 무심한 의사들과 과로에 지친 간호사에 의해 좌우되는 일개 환자에 불과하다고 스스로 느낄 때 그 얼마나 불안하겠는가. 공포가 엄습할 때이마에 손을 얹어 줄 이 하나 없을 때, 고통이 휘몰아칠 때 고통을 달래 주는 이가 아무도 없을 때, 죽음의 정적을 채우기 위해거짓말이라도 늘어놓는 사람이 한 명도 없을 때 그 얼마나 불안하겠는가 말이다. "그녀는 스물네 시간 만에 40년은 더 늙은 듯했다"라는 문장이 내 머릿속을 떠나지 않았다. 왜 아직도 그런지 모르겠지만 기술이 발전한 오늘날에도 여전히 끔찍한 고통 속에서 죽어 가는 이들이 존재한다. 그래서 다인 병실에서는 마지막 순간이 다가올 때면 빈사 상태에 빠진 환자의 침대를 칸막이로 가린다. 그런데 그 환자는 본 적이 있다. 그다음 날로 비게 될 다른 침대들을 이 칸막이가 둘러싸고 있던 모습을. 그래서 그는 알게 된다. 나는 어디에서도 정면으로 바라볼 수 없는 검은 태양으로 인해 몇 시간 동안 눈이 먼 상태로 있었던 엄마를 그려 보았다. 벌어진 두 눈의 확장된 동공 속에 깃들어 있었을 극심한 공포를. 엄마는 아주 편안히 죽음을 맞이하셨다. 운이 좋은 자의 죽음인 셈이었다.

VII

푸페트는 내 집에서 잠을 잤다. 아침 10시에 우리는 병원으로 돌아갔다. 호텔 객실과 마찬가지로 병실 역시 정오가 되기 전에 비워 줘야 했기 때문이다. 다시 한 번 우리는 계단을 올라가 두 개의 문을 밀고 들어갔다. 침대는 비어 있었다. 벽, 창문, 전등, 가구 등 모든 것이 그 자리에 있었지만 하얀 시트 위에만은 아무것도 없었다. 예상한다는 것, 그것은 아는 것과는 달랐다. 그러한 풍경을 보게 되리라 기대하지 않았던 만큼 충격은 컸다. 우리는 벽장에서 가방을 꺼내 책이며 속옷, 화장 도구, 서류 들을 그 안에다 아무렇게나 집어넣었다. 배반으로 훼손되고 만 지난 6주 동안의 친밀했던 관계를 의미하는 물건들이었다. 장밋빛 잠옷은 그냥 두고 나왔다. 우리는 정원을 가로질러 걸어갔다. 저 안쪽 어딘가, 푸른 초목 사이에 영안실이 숨겨져 있었다. 그리고 그 안에는 턱에 붕대를 두른 엄마의 시신이 있었다. 자신의 의지로, 또한 우연으로 인해 너무나도 충격적인 일을 겪어야 했던 푸페트가 완전히 탈진한 상태였던지라 나는 그 애에게 엄마의 시체를 보러 가자는 제안을 하지 못했다. 나 자신이 엄마의 시체를 보러 가고 싶은지도 확신할 수 없었다.

블로메 거리에 있는 엄마 집 관리인에게 가방을 맡겨 놓았다. 우리는 장례 업체 한 곳을 발견했다.

"여기나 다른 데나 다 똑같겠지."

검은색 옷을 입은 두 남자가 우리가 원하는 바에 대해 물었다. 그들은 다양한 모양의 관이 찍힌 사진들을 보여 주었다.

"이게 더 보기에 아름답습니다."

푸페트가 웃음을 터뜨리더니 흐느껴 울기 시작했다.

"보기에 더 아름답다니요! 이 상자가 말이죠! 어머니는 이런 데 담기기를 원치 않으셨단 말이에요."

장례식 날짜를 이틀 뒤인 금요일로 잡았다. 꽃을 원하느냐는 질문에 우리는 이유도 모른 채 그렇다고 대답했다. 십자가나 화관이 아닌, 커다란 꽃다발 하나만을 원했다. 그것으로 충분했다. 나머지는 업체의 결정에 맡겼다. 그날 오후 우리는 가방을 엄마 집에 올려놓았다. 르블롱 씨가 집 내부를 바꿔 놓았다. 더 깨끗하고 밝아 보여 엄마 집인 걸 겨우 알아볼 정도였다. 훨씬 좋았다. 실내복과 잠옷이 든 가방을 옷장 안에 넣어 두고는 책을 정리하고 향수와 비누, 세면도구 등은 버렸다. 그리고 나머지는 내 집으로 가져왔다. 그날 밤 나는 쉽사리 잠들지 못했다. "내 상태가 이렇게 좋아진 걸 네가 보고 가서 다행이구나"라는 말을 마지막으로 엄마 곁을 떠난 걸 후회하지는 않았다. 하지만 엄마의 시신을 너무나도 서둘러서 치워 버린 점에 대해서는 후회스러웠다. 엄마와 동생 모두 이렇게 말하곤 했다.

"시체란 건 더 이상 아무 의미가 없어."

그러나 그건 엄마의 살과 뼈였고, 몇 시간 동안은 여전히 엄마의 얼굴이 남아 있을 터였다. 아버지가 돌아가셨을 때, 나는 내 앞에서 아버지가 하나의 사물로 남게 될 때까지 곁을 지켰다. 그래서 실제로 존재했던 이가 아무것도 아닌 상태가 되어 가는 과정을 순순히 받아들일 수 있었다. 엄마가 돌아가셨을 때는 엄마에게 입맞춤을 하자마자 거의 곧바로 그녀의 곁을 떠났다. 그래서인지 살아 있는 상태로 엄마가 차가운 영안실에 혼자 고독하게 누워 있는 듯 여겨졌다. 입관식이 다음 날 오후에 열릴 예정이었다. 그 자리에 참석할 것인가?

4시경 병원비를 정산하기 위해 병원에 있었다. 엄마 앞으로 우편물과 과일 파이가 든 상자가 와 있었다. 간호사들에게 작별 인사를 하러 올라갔다. 어린 마르탱과 파랑 양이 복도에서 웃고 있는 게 보였다. 나는 목이 메어 두 마디 말조차 꺼내기 힘들었다. 114호실 문 앞을 지나갔다. **"면회 금지"**라는 팻말은 떼어지고 없었다. 나는 정원에서 잠시 망설였다. 용기가 나질 않았다. 그게 다 무슨 소용이란 말인가? 나는 그냥 병원을 나섰다. 피에르 카르댕 상점과 그 안에 진열된 아름다운 실내 가운을 다시 보았다. 병실 입구에 다시 앉는 일은 없을 거라고, 하얀색 전화기를 드는 일도, 이 길을 지나는 일도 다시는 없을 거라고 생각했다. 엄마가 회복했더라면 이 습관들을 그만둘 수 있게 되었다는 사실에 기뻐했을 것이다. 그러나 이 습관들을 버리게 된 이유가 엄마를 잃었기 때문이었기에, 내 안에 그것들에 대한 그리움을 남겨 두었다.

우리는 엄마의 소지품을 엄마의 지인들에게 나눠 드리고 싶었다. 털실 뭉치와 짜다 만 뜨개질감이 든 밀짚 핸드백, 압지, 가위, 골무를 앞에 두고 보니 격한 감정에 사로잡혔다. 잘 알려진 바대로 사물은 힘을 지니고 있다. 삶이, 그것을 이루는 다양한 순간 가운데 오직 현재의 모습을 한 상태로 사물들을 단단하게 감싸고 있기 때문이다. 고아 또는 쓸모없는 것이 되어 버린 그 물건들이 탁자 위에 놓여 있었다. 쓰레기가 되거나 프랑수아즈 이모에게서 물려받은 내 필수품이라고 말해 줄 다른 새로운 주인을 만나길 기다리면서 말이다. 마르트에게는 손목시계를 주기로 했다. 검은색 가는 끈을 떼어 내면서 푸페트가 울기 시작했다.

"물건에 집착하는 사람도 아닌데 바보같이 울다니. 그렇지만 이 끈을 버릴 수가 없어."

"간직해."

죽음을 삶과 통합하려는 건, 그리고 합리적인 영역에 속하지 않은 일에 직면해서 합리적으로 행동하려는 건 모두 소용없는 짓이다. 각자가 나름대로 혼란스러운 감정을 풀어 나가야 한다. 나는 유언을 남기고자 하는 모든 이의 심정을 이해한다. 또한 그 어떤 유언도 남기지 않은 사람들의 심정 역시 이해한다. 두 팔에 유골을 끌어안고 있는 이의 심정과, 사랑하는 존재의 시신을 공동묘지에 묻기로 한 이의 심정까지도. 만약 동생이 엄마를 잘 차려입히길 고집하거나 결혼반지를 간직하길 원했더라면 나도 그런 양 그 애의 반응을 받아들였을 것이다. 장례식에 대해서는 서로 물어볼 필요가 없었다. 엄마가 무엇을 원하는지 우리 둘 다 잘 알고 있다고 생각했고 그 점에 대해서는 생각이 일치했기 때문이다.

다른 지점에서 우리는 불길해 보이는 난관에 봉착해 있었다. 페르 라셰즈 묘지에 영구적으로 임대한 묏자리를 하나 소유하고 있었는데, 그것은 증조부의 누이였던 미뇨 부인이 130년 전에 사들인 것이었다. 그분과 할아버지, 할머니, 작은할아버지, 가스통 삼촌과 아빠가 거기에 묻혔다. 문제는 자리가 남아 있지 않다는 것이었다. 그런 경우 고인을 임시로 다른 곳에 매장했다가 나중에 선조들의 유골을 관 하나에 모아서 가족묘에 묻는 게 일반적이었다. 그러나 묏자리 가격이 상당히 비쌌기 때문에 관리소에서는 영구 임대지를 회수하고자 하고 있었다. 관리소 측에서는 소유자들에게 30년마다 소유권을 갱신할 것을 요구하고 있었다. 우리의 경우 그 기한을 넘긴 상태였다. 하지만 소유권을 상실하게 될지도 모른다는 사실을 제때 통보해 주지 않아 발생한 상황이었기 때문에, 우리와 소유권을 놓고 분쟁을 벌일 소지가 있는 미뇨 가의 후손이 아무도 없다는 전제하에 소유권은 아직 우리에게 있었다. 공증인이 그 점을 확인해 주기를 기다리는 동안 엄마의 시신은 안치소에 보관할 참이었다.

우리는 다음 날 있을 장례식이 두려웠다. 우리 둘 다 신경 안정제를 먹고 7시까지 잠을 잔 뒤 차를 마시고 아침 식사를 하고 나서 신경 안정제를 다시 복용했다. 8시가 되기 조금 전에 검은색 영구차가 인적 없는 거리에 멈춰 섰다. 새벽에 병원 측에서 뒷문으로 내보낸 시신을 찾아오는 길이었다. 우리는 차가운 아침 안개를 헤치면서 차로 가 앉았다. 푸페트는 운전사와 뒤랑 집안 쪽에서 온 사람들 중 한 명 사이에, 나는 더 안쪽에 있는 금속 상자 옆에 앉았다.

"엄마가 거기 계셔?"라고 동생이 물었다.

"응"이라고 답했다. 그 애는 잠시 흐느꼈다. 그리고 나서 이렇게 말했다.

"유일하게 위안이 되는 건 나 역시 저곳을 거쳐 가게 될 거라는 점이야. 그렇지 않았다면 너무나 부당하다고 생각했을 거야."

그랬다. 우리는 우리 자신의 장례식 예행연습을 하러 가는 길이었던 셈이다. 불행한 점이라면 모두가 공통적으로 겪어야 하는 이 일을 각기 혼자서 경험해야 한다는 것이리라. 엄마는 회복기라고 믿고 있었지만, 사실은 임종에 이르는 과정에 해당했던 그 기간 동안 우리는 엄마 곁을 떠나지 않았다. 그러나 동시에 우리는 엄마와 근본적으로 갈라져 있었다.

파리를 가로지르는 동안 나는 아무 생각도 하지 않으려 애쓰면서 거리와 사람 들을 바라보았다. 자동차들이 묘지 입구에서 기다리고 있었다. 친척들이 타고 온 차였다. 자동차들이 우리가 탄 차를 따라 성당까지 왔다. 모두가 차에서 내렸다. 상여꾼이 관을 꺼내는 동안 나는 슬픔으로 얼굴이 붉게 달아오른 이모 쪽으로 푸페트를 데리고 갔다. 우리는 줄을 지어 들어갔다. 성당이 사람들로 가득 찼다. 장례 업체 쪽 사람들이 차에 두고 오는 바람에 영구대 위에 꽃이 없었다. 하지만 그건 중요치 않았다.

제의 아래 바지를 입은 한 젊은 신부가 미사를 올린 뒤 이상하리만큼 슬픈 어조로 짧게 설교를 했다.

"하느님께서는 아주 멀리 계십니다. 여러분 가운데 가장 굳건한 믿음을 가지고 계신 분들도 하느님께서 너무 멀리 계셔서 존재하지 않는다고 여기실 때가 있을 겁니다. 심지어 하느님께서 무심하다고 말씀하시는 분들도 계실 겁니다. 그러나 그분은 우리에게 당신의 아들을 보내 주셨습니다."

영성체를 위한 기도대 두 개가 놓여 있었다. 거의 모든 사람이 영성체를 했다. 신부는 다시 한 번 짤막하게 설교했다. 그의 입에서 "프랑수아즈 드 보부아르"라는 이름이 불려 나왔을 때 나와 동생은 둘 다 격한 감정에 휩싸였다. 이 이름은 엄마를 되살아나게 했다. 그 이름은 엄마의 생애 전체를 아우르고 있었다. 어린 시절부터 결혼 생활을 하던 시절을 비롯해 과부였던 시절과 관 속에 들어가기 전까지의 마지막 시기마저도 포함하는 생애 전체 말이다.

프랑수아즈 드 보부아르.

이 이름이 호명되는 순간, 자신의 이름으로 불린 적이 거의 없는, 잊힌 여인에 불과했던 엄마가 한 명의 주체로 새롭게 태어나고 있었다.

사람들이 줄을 지어 지나갔다. 몇몇 여자들은 울기도 했다. 상여꾼이 성당에서 관을 가지고 나서는 순간까지도 동생과 나는 여전히 서로의 손을 잡고 있었다. 엄마의 시신을 본 푸페트가 이번에는 내 어깨에 무너져 내리듯 기대 왔다.

"사람들이 저런 상자에 넣지 못하도록 하겠다고 엄마랑 약속했는데!"

나는 그 애가 "저 구멍 속으로 떨어지지 않게 해 달라!"던 엄마의 또 다른 부탁을 떠올리지 않아도 되는 이 상황이 다행이라고 생각했다. 뒤랑 집안에서 온 한 사람이 조문객들에게 이제 돌아가자고 말했다. 빈 영구차가 떠나갔다. 그 차가 어디로 가는지 알지 못했다.

나는 병원에서 가져온 압지 속 가느다란 종이 띠 위에서 스무 살 무렵처럼 반듯하게 꾹꾹 눌러쓴 필체로 엄마가 남긴 두 줄로 된 문구를 발견했다.

"나는 장례식을 아주 단순하게 치렀으면 한다. 꽃도 화관도 없었으면 좋겠다. 하지만 기도만큼은 많이 해 주길 바란다."

그랬다! 우리는 엄마의 유언대로 했다. 더군다나 꽃을 가져다 놓는 걸 잊고 말았으니, 그만큼 유언을 더 충실히 지킨 셈이었다.

VIII

엄마의 죽음이 나를 그토록 강렬하게 뒤흔들어 놓은 까닭은 무엇일까? 집을 나온 이후로 엄마로 인해 내 감정이 폭발한 적은 거의 없었다. 아빠가 돌아가셨을 때 엄마가 겪은 슬픔은 깊으면서도 꾸밈없는 것이었고, 그래서 나는 감동받았다. 엄마가 보여 준 마음 씀씀이에도 감동했다. 내가 자기를 더 고통스럽게 할까 봐 눈물을 참고 있다고 생각한 엄마는 내게 "네 생각도 해라"라고 말했다. 1년이 지난 뒤 외할머니의 임종을 지켜보면서 엄마는 남편이 죽었을 때를 고통스럽게 떠올린 모양이었다. 그래서 장례식이 있던 날 우울증으로 인해 엄마는 침대에 꼼짝 않고 누워 있어야 했다. 나는 그날 밤을 엄마 곁에서 보냈다. 내가 태어나고 또 아버지가 임종을 맞이한 그 부부 침대를 향해 나 자신이 품고 있던 혐오감도 잊은 채, 잠든 엄마를 바라보았다. 평온한 얼굴로 두 눈을 감고 있는 쉰네 살의 엄마는 여전히 아름다웠다. 나는 엄마가 지닌 강렬한 감정이 그녀의 의지를 압도하고 있다는 사실에 감탄했다. 평소 나는 엄마에게 무관심했다. 그러나 내 꿈속에서는 거의 나온 적이 없었고 나온다 해도 보잘것없는 역할로 나오곤 했던 아빠와 달리, 엄마는 중요한 역할을 하는 경우가 종종 있었다. 엄마와 사르트르가 한데 섞여 나오곤 했는데 우리는 함께 행복해했다. 그러다가 꿈은 악몽으로 돌변했다. '왜 내가 엄마랑 다시 같이 살고 있는 거지?' '어쩌다가 다시 엄마의 손아귀 안에 놓이게 된 걸까?' 우리의 예전 관계가 내 안에 계속해서 자리 잡고 있었던 것이다. 서로에게 종속된 상태를 좋아하면서도 싫어하는 이중적인 모습. 엄마가 사고를 당하고 나서 앓다가 돌아가시는 과정에서 당시 우리 관계를 지배하고 있던 일상적 양상이 무너졌고, 그러면서 예전의 관계가 다시 강력한 영향력을 발휘했다. 누군가 세상을 떠나면 그와 더불어 시간 역시 소멸한다. 그리고 나이 들어 갈수록 나의 과거는 점점 쪼그라든다. 그 결과, 내 나이 열 살 때의 "다정하고 사랑스러운 엄마"는 나의 청소년 시절을 억압하던 적대적인 그 여자와 더 이상 구별되지 않기에 이른다. 늙은 어머니를 생각하며 울 때면 나는 두 여자 모두를 위해서 눈물을 흘렸다. 엄마와 좋은 관계를 맺는 것에 실패했을 때, 슬프기는 했지만 그렇게 된걸 운명으로 받아들였다고 생각했다. 그런데 그때 느꼈던 슬픔이 내 마음속에서 되살아났다. 엄마와 나의 모습이 담긴, 비슷한 무렵에 찍은 두 장의 사진을 들여다본다. 나는 열여덟 살이고 엄마는 40대에 접어들던 때의 모습이다.

지금의 나는 사진 속 엄마의 어머니, 즉 슬픈 눈을 하고 있는 이 소녀의 할머니뻘이 됨직하다. 너무나 어려 아무것도 모르고 있는 나와, 이제는 미래가 가로막혀 버린, 그리고 아무것도 모른 채 살았던 엄마. 사진 속 이 두 여자에게 나는 연민을 느낀다. 하지만 그들에게 조언을 해 줄 길이 없다. 딸을 불행하게 하고 그 대가로 자기 자신조차 고통스럽게 만든, 그 자신이 어린 시절 겪었던 불행을 엄마가 잊을 수 있게 할 방도를 나는 알지 못했다. 나는 내 삶의 한 시기를 망쳐 놓았다는 이유로, 비록 계획적으로 그랬던 건 아니었지만, 엄마에게 받은 것을 그대로 돌려주었다. 엄마는 내 영혼을 생각하며 괴로워했다. 당시 엄마는 내가 거둔 성공에 기뻐하기는 했지만, 작가 사회에서 내가 일으킨 추문들로 인해 너무나도 속상해했다. 사촌 한 명이 "시몬은 가문의 수치입니다"라고 말하는 걸 듣는 게 엄마로서는 달갑지 않은 일이었다.

와병 중이던 엄마가 갑작스레 변하는 것을 보면서 나는 더욱더 후회했다. 이미 말했듯이, 강인하고 열정적인 성품을 타고난 엄마는 병으로 인해 많은 것을 포기해야 하는 상황에 봉착했고, 그 결과 이상하고 성가신 사람이 되어 버렸다. 병들어 자리에 눕게 된 후로 엄마는 자기 자신을 위해 살기로 결심했지만, 남을 염려하는 마음 씀씀이만큼은 여전히 간직하고 있었다. 자기 자신과의 갈등 속에서 엄마는 조화를 이루어 냈다. 아버지는 자신이 지닌 사회적 신분과 정확히 일치하는 삶을 살았다. 즉 아버지가 속한 계급과 그 자신이 아버지의 입을 통해 한목소리를 내고 있었던 것이다. 아버지가 돌아가시기 전 마지막으로 "너는 일찍부터 밥벌이를 했지만 네 동생한테는 돈이 많이 들었지"라는 말씀을 남기시는 걸 듣고 나서는 울고 싶은 생각이 싹 사라지기도 했다. 어머니는 정신적인 것을 중시하며 살았다. 그러나 삶에 대해서만큼은 동물적인 열정을 가지고 있었다. 그 열정은 엄마에게 있어서는 용기의 원천인 동시에, 육신의 중요성을 알게 된 그녀가 진실에 다가서는 걸 가능하게 한 한 요인이기도 했다. 엄마는 그동안 자기 안에 있는 진실되고 매력적인 모습을 가려 왔던 진부한 생각을 던져 버렸다. 그 결과 나는 엄마가 품고 있던 나를 향한 사랑의 따스함을 느낄 수 있었다. 질투심으로 인해 자주 왜곡되어 왔고 서투름으로 인해 제대로 표현되지 못했던 엄마의 사랑이 지닌 따스함을. 나는 엄마가 남긴 글에서 이를 보여 주는 여러 감동적인 증거를 찾을 수 있었다. 엄마는 두 장의 편지를 따로 보관해 두었는데 하나는 예수회 사제가, 다른 하나는 한 친구가 쓴 것이었다. 두 장의 편지 모두 내가 언젠가는 하느님 곁으로 돌아오게 되리라며 엄마를 안심시키는 내용을 담고 있었다. 엄마는 손으로 앙드레 상송이 쓴 글귀를 옮겨 적어 놓았다. 그 내용을 요약해 보자면 내가 스무 살 때 니체, 지드, 자유에 대해 이야기해 줄 만큼 제대로 위엄을 갖춘 손윗사람을 만났더라면 아버지 쪽 집안과는 연을 끊을 수 있었을 거라는 거였다. 엄마는 그 밑에다가 어느 신문에서 오려 낸 레미 루르가 쓴 **장폴 사르트르가 영혼을 구하다**라는 기사를 붙여 놓았다. 사르트르가 전쟁 포로로 구금되어 있던 당시 12-D 포로수용소에서 〈바리오나〉라는 연극을 무대에 올린 적이 있었는데, 그 연극을 본 무신론자였던 한 의사가 가톨릭으로 개종했다는 내용을 담고 있었다. 물론 거짓 기사였다. 그러나 나는 엄마가 그 글들에서 무엇을 찾고자 했는지를 알 수 있었다. 나에 대한 불안을 달랠 수 있는 방도, 바로 그것이었다. 만일 엄마가 나의 구원에 대해 크게 걱정하지 않았다면, 그렇게까지 불안해할 필요는 없었을 터다.

"물론 저는 천국에 가고 싶습니다. 하지만 제 딸들을 두고서 혼자 가길 원치 않습니다."

어느 젊은 수녀에게 보낸 편지에서 엄마는 이렇게 쓰고 있었다.

아주 드물기는 하지만 사랑, 우정, 동료애가 죽음이 야기한 고독을 능가할 때가 있다. 하지만 곁에서 보는 것과 달리, 내가 엄마의 손을 잡고 있을 때조차 나는 엄마와 함께 있지 않았다. 엄마를 속이고 있었기 때문이다. 항상 속고만 살아온 엄마를 거짓말로 끝내 다시 한 번 속이고 있다는 사실이 끔찍했다. 엄마에게 폭력을 가하고 있는 운명과 공모한 셈이었다. 하지만 나는 죽음을 거부하고 죽음에 맞서 싸우던 엄마와 세포 구석구석까지 연결되어 있었다. 그렇기에 엄마의 패배로 나 역시 쓰러지고 말았다. 다른 사람이 임종하는 자리에는 세 번씩이나 참석했던 나는 정작 엄마의 임종은 지키지 못했다. 그런데도 나는 엄마의 머리맡에서 얼굴을 찡그리고 조소를 머금은 채 음산하게 춤을 추던 죽음의 신을 보았다. 한 손에 낫을 든 채로 문을 두드린다는, 밤새워 듣던 이야기에 나오던 그 죽음의 신을, 낯설고도 끔찍한 모습을 하고서 머나먼 다른 곳에서 찾아온다는 죽음의 신을 나는 보았다. 죽음의 신은 아무것도 모른 채 입을 활짝 벌리고 턱뼈를 드러내며 웃던 엄마의 바로 그 얼굴을 하고 있었다.

"돌아가실 만큼 연세를 잡순 거죠."

이 말은 노인들을 슬프게 하고, 또 그들을 유배된 것과 다를 바 없는 상황으로 몰아넣는다. 그런데 자기가 죽을 나이가 됐다고 생각하는 사람은 거의 없다. 나 역시 엄마에 관해서 그런 상투적인 표현을 쓴 적이 있다. 그때의 나는 일흔 살이 넘은 부모나 조부모가 돌아가셨을 때 진심으로 슬퍼하는 사람들을 이해하지 못했다. 이제 막 돌아가신 어머니 때문에 몹시 슬퍼하는 쉰 살가량의 여자를 만났더라면 나는 그 여자를 신경 쇠약증에 걸린 환자로 치부했을 것이다. 우리 모두가 죽을 텐데, 여든 살이면 죽을 만큼 충분히 나이를 먹은 게 아닌가, 라고 생각하면서 말이다.

그러나 그건 잘못된 생각이었다. 사람이 죽는 것은 태어났기 때문도, 살 만큼 살았기 때문도, 또 늙었기 때문도 아니다. 사람은 **무언가**로 인해 죽는다. 나이가 나이인지라 엄마가 돌아가실 날이 다가오고 있다는 걸 알고는 있었지만, 그렇다고 해서 악성종양이 엄마에게서 발견되었다는 소식을 들었을 때 느꼈던 끔찍한 경악스러움이 줄어든 것은 아니었다. 암, 혈전, 폐울혈과 같은 것들은 공중에서 비행기 엔진이 멈추는 것만큼이나 급작스럽고 예상하기 힘든 사건이다. 꼼짝 못 하는 상태로 죽어 가면서 매 순간이 지닌 무한한 가치를 확인한 그때, 어머니는 희망을 품고 기운을 냈다. 하지만 동시에 어머니의 헛된 노력은 일상의 평범함이 만들어 낸, 불안을 달래 주는 장막을 찢어 버리기도 했다. 자연스러운 죽음은 없다. 인간에게 닥친 일 가운데 그 무엇도 자연스러운 것은 없다. 지금 이 순간 인간으로 존재하고 있다는 것, 이는 그 자체로 세상에 문제를 제기하는 것이다. 모든 인간은 죽는다. 하지만 각자에게 자신의 죽음은 하나의 사고다. 심지어 자신이 죽으리라는 걸 알고 이를 사실로 받아들인다 할지라도, 인간에게 죽음은 하나의 부당한 폭력에 해당한다.

타인에 대한 애도를 통해 자기 자신과 화해하기

강초롱(서울대학교 불어불문학과 교수)

1. 보부아르에 대한 오해

시몬 드 보부아르의 탄생 100주년이었던 2008년 1월, 프랑스의 유명한 시사 잡지인 『누벨 옵세르바퇴르(*Le Nouvel Observateur*)』의 보부아르 특집호에는 이후 한동안 뜨거운 논쟁을 불러일으키게 될 사진 한 장이 표지로 등장했다. 1947년부터 1950년대 초반까지 보부아르와 연인 관계를 맺었던 미국 작가 넬슨 올그런이 찍었다고 알려진 사진이었다. 여기에는 욕실에서 거울을 바라보며 머리 모양을 손보고 있는 발가벗은 보부아르의 뒤태가 실려 있었다. 잡지가 출간된 직후 이 사진을 표지로 선택한 『누벨 옵세르바퇴르』를 비난하는 여론이 들끓었다. 프랑스의 대표적인 지성지를 자처해 온 이 매체가 프랑스의 위대한 작가의 탄생 100주년을 기념하기 위해 발간한 특집호의 첫머리를 작가의 사생활을 향한 대중의 관음증적 욕망을 부추기는 사진으로 장식했다는 사실에 분노한 비난의 목소리들이었다. 『누벨 옵세르바퇴르』가 불러일으킨 이러한 논쟁은 보부아르의 사생활에 대한 관심이 옳은가 그른가의 여부를 떠나서 한 가지 분명한 사실을 보여 준다. 사르트르와의 파격적인 계약 연애를 비롯해 이성애와 동성애를 넘나드는 화려했던 연애 경력, 그리고 전 세계 여성에게 폭발적인 영향력을 발휘한 『제2의 성(Le Deuxième Sexe)』(1949)의 작가이자 여성 해방 운동의 선봉에 섰던 페미니즘 투사 등과 같은 예사롭지 않은 삶의 이력으로 인해 보부아르의 사생활은 그녀가 죽음을 맞이한 지 40여 년이 다 되어 가는 이 시점에도 여전히 뜨거운 관심의 대상이 되고 있다는 점이다. 하지만 오랜 기간 동안 보부아르를 향한 관심이 지나치게 그녀의 사생활에만 집중되어 왔다는 점은 문제라 할 수 있다. 보부아르가 평생에 걸쳐 발전시켜 온 실존에 대한 철학적 담론이 지닌 독창성을 무시한 채, 그녀의 사상을 사르트르의 실존주의를 단순히 요약 또는 반복한 결과물 그 이상의 것으로 보려 하지 않는 경향이 최근까지 대세를 이루어 왔기 때문이다. 따라서 이제는 보부아르의 개인사가 아닌, 그녀가 발전시킨 실존에 대한 성찰과 그에 기반한 글쓰기의 결과에 주목해야 할 때라 하겠다.

2. 윤리적 실존주의자

(1) 작가로서의 형성 과정

전형적인 부르주아 가정의 장녀로 태어난 보부아르는 사춘기에 접어들면서 부모의 애정을 가부장적이면서 기독교적인 부르주아 가치관을 일방적으로 주입하려는 억압으로 인식하고 그들과의 극심한 갈등을 경험한다. 이러한 상황에서 그녀는 독서를 통해 부르주아지의 가치관에 대한 비판적 관점을 키워 나갔을 뿐만 아니라, 자신의 경험을 긍정적으로 승화해 나갈 수 있는 길 역시 발견한다. 그렇기에 그녀가 책을 읽는 것에 만족하지 않고 직접 글을 쓰기로 결심한 것은 매우 자연스러운 귀결이었다.

철학 교수 자격시험을 준비하기 위해 소르본대학에서 철학 수업을 들으면서 보부아르는 개별성을 아우르면서도 세계를 총체적으로 이해할 수 있는 가능성을 지닌 학문으로서 철학을 인식하고 그에 매력을 느낀다. 또한 다양한 철학가들의 사상을 파고들면서 훗날 자신만의 실존주의 사상을 구체화하는 데 필요한 학문적 토대를 본격적으로 쌓아 나간다. 특히 당시 고등 사범 학교에 다니던 장폴 사르트르를 비롯해 폴 니장,[1] 조르

---

1 1905~1940. 양차 세계 대전 당시 활발하게 활동했던 프랑스의 소설가이자 철학가 및 언론인으로, 프랑스의 참여 문학 전통을 이야기할 때 자주 언급되는 대표적인 작가다. 작가로서 활발하게 활동하기 시작할 무렵인 서른다섯 살에 이른 죽음을 맞이하면서 한동안 제대로 평가받지 못했다. 그러다가 1931년에 발표한 에세이 『아덴 아라비아(*Aden, Arabie*)』에 등장하

주 폴리처[2] 등의 남학생들과 학문적인 교류를 쌓으면서 마르크스 사상에 대한 이해를 넓혀 나갔으며, 당시에는 아직 정식으로 프랑스에 소개되지 않았던 헤겔 사상 역시 접할 수 있는 기회를 마련하기도 한다. 더불어 신세대에 속하는 작가들의 문학 작품을 읽으면서 프랑스의 전통 사회 체계를 비판적으로 바라볼 수 있는 안목 역시 키워 나간다.

1929년 보부아르는 사르트르에 이어 2등으로 철학 교수 자격 시험에 합격하면서 사상 최연소 합격자라는 타이틀을 거머쥐고, 이를 계기로 부모로부터 독립하여 자유로운 생활을 만끽하기 시작한다. 같은 해 10월에는 사르트르와 본격적인 연애를 시작하는데, 그로부터 얼마 지나지 않아 2년 동안 연인 관계를 유지하되 다른 이들과의 연애 역시 서로에게 허용한다는 파격적인 조건을 내건 계약에 합의한다. 이 계약은 사르트르가 죽음에 이른 1980년까지, 50여 년의 긴 세월 동안 유지된다. 하지만 사르트르와의 만남이 보부아르에게 있어서 무엇보다도 중요한 사건에 해당한 것은 이것이 그녀가 작가로서의 진정한 소명 의식을 정립하는 데 있어서 결정적인 계기로 작용했기 때문이다. 오직 문학을 통해서만 구원의 가능성을 발견할 수 있다는 사르

는 구절인 "나는 스무 살이었다. 이때가 삶의 가장 아름다운 시절이라고 말하는 자, 그 누구도 가만두지 않겠다"와 1932년에 발표한 에세이 『집 지키는 개들(Les Chiens de Garde)』의 제목을 차용한 구절인 "우리는 집 지키는 개와 자본주의의 하수인이 되길 거부한다"가 68혁명 정신을 대변하는 슬로건으로 사용됨에 따라, 1960년대 후반을 기점으로 그의 사상 및 작품에 대한 재평가가 활발히 이루어지기 시작한다.

2　1903~1942. 헝가리 출신의 마르크스주의 계열의 프랑스 철학가로서 제2차 세계 대전 중 레지스탕스의 일원으로 활동하다가 1942년에 체포되어 같은 해 총살당한다. 훗날 루이 알튀 세르에 의해 그의 사상이 재조명받으면서 사상계의 주목을 받게 된다.

트르의 확고한 신념을 접한 보부아르는 자신이 이제껏 글쓰기를 자신의 경험을 담아내는 소극적인 수단으로만 여겨 왔다는 사실을 깨닫는다. 그러면서 자신의 전 존재를 걸고 글쓰기에 임하겠다고 결심하기에 이른다. 그러나 다른 한편으로 사르트르와의 관계는 보부아르가 평생 동안 짊어져야만 했던 굴레이기도 했다. 20세기 프랑스를 대표하는 위대한 지성인으로서 전 세계의 주목을 받았던 사르트르의 연인이라는 사실이 지나치게 부각되면서, 보부아르가 사르트르의 사상과는 구분되는 실존주의 철학을 발전시킨 사상가였다는 사실은 잊히기 일쑤였기 때문이다. 물론 보부아르의 사유가 사르트르의 실존주의의 영향 아래 놓여 있다는 점은 부인할 수 없는 사실이다. 하지만 동시에 사르트르의 실존주의만으로는 보부아르의 사유를 온전히 이해할 수 없는 것 역시 사실이다. 그렇다면 보부아르의 실존주의의 핵심은 무엇일까?

(2) 실존의 윤리에 대한 천착

보부아르의 실존주의 사상의 가장 중요한 근간을 형성하는 개념은 바로 "애매성"이다. 여기서 애매성이란, 수많은 딜레마를 경험하면서 살아갈 수밖에 없는 존재인 인간의 실존 조건을 지칭하는 개념이다. 의식인 동시에 육체고, 의식의 주체면서 동시에 타인의 의식이 지향하는 대상이기도 하며, 살아가는 동시에 죽음을 향해 가는 존재라 할 수 있는 인간의 삶이 지닌 특성으로 말미암아, 인간 존재는 한 가지 의미로 결코 고정할 수 없으며 심지어 모순적이기까지 한 상태에서 실존을 영위하게 된다. 이렇게 인간 실존이 지닌 '비결정적인' 측면을 보부아르는 바로 애매하다고 표현한다.

타인의 존재는 주체로 존재하던 나를 객체로 전락시켜 나의 실존을 애매한 상태에 빠뜨리는 가장 결정적인 요인이자, 나의 자유에 제한을 가하는 주된 방해물이라 할 수 있다. 하지만 그렇다고 해서 인간은 결코 혼자서는 살아갈 수 없다. 인간으로 존재하는 한 타인과 함께 살아갈 수밖에 없는 운명을 타고난 것이다. 이러한 실존 조건은 필연적으로 나와 타인의 자유가 서로 충돌하도록 만들어 인간 존재 사이에 갈등을 야기한다. 『존재와 무(*L'Être et le Néant*)』(1943)에 집약된 사르트르의 실존주의는 기본적으로 이러한 갈등을 인간 존재가 필연적으로 경험하기 마련인 존재론적 숙명으로 규정하는 데 관심을 둔다. 그러나 이와 달리 보부아르의 실존주의는 갈등 관계를 넘어서 인간 존재들이 서로의 자유를 존중하면서 함께 공존할 수 있는 길을 모색하는 데 관심을 기울인다. 즉 실존의 존재론적 원리를 규명하는 것에 기본적인 목적을 두고 있는 사르트르의 실존주의와는 달리, 보부아르의 실존주의는 인간이 윤리적 실존을 영위할 수 있는 방식을 탐구하는 철학에 해당한다. 그런 의미에서 그것은 '실존주의적 윤리'라고 규정될 수 있다.

실존주의자 가운데에서도 보부아르는 특히 인간 존재가

"세계-내-존재"로서 타인과 맺을 수 있는 이상적인 인간관계를 탐구하는 데 가장 적극적인 관심을 기울인 철학자였다. 보부아르가 윤리의 문제에 관심을 기울인 데에는 무엇보다도 제2차 세계 대전의 경험이 가장 직접적인 영향을 끼쳤다. 우선 전쟁은 이상적인 행복에 대한 그녀의 인식을 완전히 뒤바꿔 놓았다. 개인의 자유에 절대적 가치를 부여하며 그것의 온전한 구현만을 유일한 행복으로 간주하던 '개인주의자' 보부아르는 전쟁의 시기를 거치면서 인간을 하루살이의 운명으로 전락시켜 버리는 역사의 힘을 처음으로 실감한다. 그 결과 그녀는 개인의 자유와 공동체의 자유가 서로 연결되어 있다는 것을 깨닫고 이 두 가지 자유가 동시에 구현될 수 있는 길을 모색하고자 하는 '참여 지식인'으로서의 행보를 걷기 시작한다. 자유에 대한 이러한 새로운 인식은 실존에 대한 그녀의 철학적 사유에 있어서도 중요한 변화를 일으킨다. 전쟁의 소용돌이를 거치면서, 실존의 존재론적 원리를 탐구하는 데 쏠려 있던 그녀의 관심이 타인과 함께 살아가야 하는 '공존재'로서 인간이 추구해야 하는 윤리적인 실존 방식에 대한 관심으로 옮겨 가기에 이르렀기 때문이다.

그에 따라 윤리적 실존 방식에 대한 탐구는 보부아르의 모든 작품을 관통하는 가장 핵심적인 주제로 자리 잡기에 이른다. 그런데 글의 종류가 무엇이냐에 따라 그녀가 그것을 형상화하는 방식들 간에 차이가 존재한다. 보부아르의 작품들은 크게 철학적 글쓰기와 문학적 글쓰기, 이렇게 두 가지 범주로 구분된다. 우선 철학적 글쓰기에서 보부아르는 실존의 윤리를 개념적으로 정립하려는 시도를 선보인다. 『피뤼스와 시네아스(*Pyrrhus et Cinéas*)』(1944), 『애매성의 윤리를 위하여(*Pour une Morale de l'Ambiguïté*)』(1947), 『제2의 성』, 그리고 『노년(*La Vieillesse*)』(1970)으로 이어지는 일련의 철학서는 이러한 시도의 결과물에 해당한다. 이들을 통해 보부아르가 이야기하는 실존의 윤리의 핵심은 다음과 같다. 첫째, 타인과의 공존이라는 거부할 수 없는 실존 조건하에서 개별적인 실존 주체로서 인간이 구현할 수 있는 자유의 범위는 제한될 수밖에 없다. 둘째, 하지만 타인과의 공존이 서로의 자유에 대한 존중을 기반으로 하는 '상생'의 수준으로 발전했을 때 개개인이 구현할 수 있는 자유의 범위는 확장될 수 있다. 셋째, 따라서 자유로운 주체로서 인간이 존재하기 위해 그가 기울이는 모든 '존재론적' 노력들은 타인과 올바른 관계를 맺을 수 있는 방식을 찾기 위한 '윤리적' 노력들과 사실상 서로 연결될 수밖에 없다.

이러한 철학적 글쓰기와는 달리 문학적 글쓰기에서 보부아르는 실존의 다양한 양상을 생생하게 형상화함으로써, 독자 스스로 윤리적 실존을 영위할 수 있는 방식에 대해 직접 성찰해 보도록 하고자 한다. 문학적 글쓰기야말로 우리의 실존이 지닌 애매한 측면을 생생하게 담아내기에 적합한 글쓰기 방식에 해당한다고 생각했기 때문에 택한 방식이었다. 나아가 이는 실존의 애매성을 결코 극복하거나 제거할 수 없다고 본 작가의 입장을 반영한 결과이기도 하다. 보부아르는 애매성을 극복하거나 제거하려는 모든 시도는 실존이 비결정적인 측면을 지닌다는 사실을 외면하거나 부정하려는 시도와 같다고 보았다. 나아가 이를 부정하는 순간, 주어진 것을 초월하려는 움직임으로 규정되는 인간을 부동의 내재성으로 특징지을 수 있는 사물과도 같은 존재로 전락시키기에 이를 것이라고 보았다. 따라서 보부아르는 애매성으로부터 벗어나고자 하는 인간의 모든 노력은 실패로 귀결될 수밖에 없다고 단언한다. 이러한 입장하에 우선 그녀는 타인과의 관계 속에서 인간이 실제로 겪기 마련인 실존의 애매한 측면을 생생하게 그려 낼 수 있는 방식으로 문학적 글쓰기를 규정한다. 그리고 자신의 문학 작품을 실존의 딜레마를 해결할 수 있는 방법이 아니라, 실존의 딜레마 그 자체를 재현하는 글쓰기적 공간으로 상정하고자 한다. 그에 따라 적지 않은 이가 그녀의 작품은 실패만을 강조할 뿐, 실패를 극복할 수 있는 명확한 해결책을 제시하지 않는다면서 불만을 털어놓기도 했다.

돌아가신 어머니를 애도하기 위해 쓴 『아주 편안한 죽음』은 보부아르의 문학 작품 가운데 매우 드물게도 이러한 불만을 조금이나마 잠재울 수 있는 낙관적인 분위기가 흐르는 작품이라 할 수 있다. 오랜 기간 소원한 관계를 유지했던 모녀가 죽음에 함께 맞서 싸우면서 화해해 나가는 과정을 자세하게 담아내는 이야기를 따라가다 보면, 작가가 '공감'과 '연대'를 타인과의 상생을 가능케 하는 구체적인 원리로서 제시하고 있음을 발견하게 되기 때문이다. 이러한 맥락에서 보자면 보부아르가 『아주

편안한 죽음』을 통해 애도의 글쓰기가 지닌 윤리적 실존의 가능
성을 제시하고 있다고 말할 수 있을 것이다.

3.『아주 편안한 죽음』: 애도의 글쓰기가 지닌 윤리적 잠재력

(1) 타자의 가시화

보부아르가『아주 편안한 죽음』을 집필하기로 마음먹은 데에
는 무엇보다도 돌아가신 어머니를 애도하고자 하는 목적이 우
선적으로 자리 잡고 있다. 그렇다면 그녀가 택한 애도의 방식은
무엇인가? 그동안 그 누구도, 심지어 자식마저도 별다른 관심
을 보이지 않았던 어머니의 삶을 무관심과 망각의 늪에서 끌어
올려 나름의 역사를 지닌 한 명의 주체적 개인의 삶으로 세상에
드러내기. 보부아르가 택한 애도의 방식은 이렇게 요약된다. 작
가의 이러한 의도는 어머니의 장례식 장면을 묘사하는 부분에
서 가장 명확하게 드러난다.

영성체를 위한 기도대 두 개가 놓여 있었다. 거의 모든 사람
이 영성체를 했다. 신부는 다시 한 번 짧막하게 설교했다. 그
의 입에서 "프랑수아즈 드 보부아르"라는 이름이 불려 나왔
을 때 나와 동생은 둘 다 격한 감정에 휩싸였다. 이 이름은 엄
마를 되살아나게 했다. 그 이름은 엄마의 생애 전체를 아우르

고 있었다. 어린 시절부터 결혼 생활을 하던 시절을 비롯해 과부였던 시절과 관 속에 들어가기 전까지의 마지막 시기마저도 포함하는 생애 전체 말이다.

프랑수아즈 드 보부아르.

이 이름이 호명되는 순간, 자신의 이름으로 불린 적이 거의 없는, 잊힌 여인에 불과했던 엄마가 한 명의 주체로 새롭게 태어나고 있었다.(145~146쪽)

이 장면에서 보부아르는 누구의 아내 또는 어머니로만 불렸던 그녀를 "프랑수아즈 드 보부아르"라는 자신만의 이름을 지닌 독립적인 "주체"로 재탄생시킨다. 이러한 애도의 방식은 레비나스의 윤리학에 기초하여 주디스 버틀러가 제시한 바 있는 사적인 애도가 내포하는 윤리적 잠재력을 떠올리게 한다. 9.11 테러 이후 타자를 배제하려는 시도가 더욱 강화되고 있는 미국 사회에 대한 비판적 성찰을 담은 글들을 한데 모아 엮은 책인『불확실한 삶:애도와 폭력의 권력들(*Precarious Life: The Powers of Mourning and Violence*)』의 서문에서 버틀러는 사적인 애도가 지닌, 소외된 이들을 타자성으로부터 해방시킬 수 있는 윤리적 잠재력에 대해 다음과 같이 설명한다.

공적 영역은 부분적으로 말해질 수 없는 것과 보여질 수 없는 것으로 구성된다. 말해질 수 있는 것의 경계, 보여질 수 있는 것의 경계는 정치적 발화가 작동하고 어떤 특수한 종류의 주체들이 생존 가능한 행위자들로 등장하는 영역의 구획을 정한다. (…) 레비나스가 제공한 윤리학은 삶의 불확실함에 대한 이해에 기초한 윤리학으로, 타자의 불확실한 삶과 더불어 시작하는 윤리의 개념을 제공한다. 레비나스는 불확실한 삶과 또한 폭력의 금지를 전하는 형상으로 "얼굴"을 사용한다. (…) 얼굴이 없는 채 남겨진 이들, 우리에게 너무 많은 악의 상징으로 제시되는 얼굴을 가진 이들은 우리가 제거해 왔던 이들의 삶, 즉 애도성이 무한히 지연되어야 하는 이들의 삶 앞에서 우리가 무감해질 수 있는 권한을 부여한다. (…) 애도의 능력이 없다면 우리는 우리가 폭력에 대항하는 데 필요한 삶에 대한 더욱 예리한 느낌을 잃게 된다는 것이 나의 주장이다. (…) 공적인 애도의 몇몇 형태는 오래 지속되면서 의식화되고 국가주의적 열정에 불을 지피고 다소 영구적일 전쟁을 정당화할 상실과 희생화의 조건을 반복하게 되겠지만, 모든 애도의 형식이 그런 결과를 낳는 것은 아니다.[3]

여기서 버틀러는 공적인 애도와 사적인 애도를 구분하고 있다. 그녀에 따르면 공적인 애도는 공적으로 승인된 것들의 가치만을 인정하는 행위에 해당한다. 반면 사적인 애도란 공적인 영역에서 배제된 이들의 존재를 드러내는 행위로서, 타자화된 존재들을 지속적으로 인식하도록 우리를 이끌어 타자를 배제하

3   주디스 버틀러, 『불확실한 삶: 애도와 폭력의 권력들』, 양효실 역, 경성대학교출판부, 2008, pp. 18~20.

고자 하는 폭력적 흐름에 저항할 수 있는 윤리적 주체로 거듭나도록 하는 가능성을 내포하는 행위이기도 하다. 그런 의미에서 버틀러는 다음과 같이 덧붙여 설명한다.

　　슬픔은 사유화한다고, 슬픔은 우리를 고독한 상황으로 회귀시킨다고, 그런 의미에서 슬픔은 탈정치화한다고 생각하는 사람들이 많다. 그러나 나는 슬픔이 복잡한 수준의 정치 공동체의 느낌을 제공하고, 슬픔은 무엇보다도 우리의 근본적인 의존성과 윤리적 책임감을 이론화하는 데 중요한 관계적 끈을 강조함으로써 그렇게 한다고 생각한다.[4]

　　이러한 맥락에서 보자면 보부아르의 애도 행위는 지금껏 제대로 이야기된 적이 없었던 어머니의 타자로서의 삶을 수면 위로 끌어올린다는 점에서 사적인 애도 행위가 지닌 윤리적 잠재력을 정확히 구현하고 있다 하겠다.

(2) 죽음의 가시화

　　보부아르의 애도 행위가 지닌 윤리적 잠재력은 『아주 편안한 죽음』이 서구 사회 내에서 오랜 기간 동안 금기의 대상으로 치

4　*Ibid.*, p. 49.

부되어 왔던 죽음의 얼굴을 직면하도록 독자들을 이끌고 있다는 점에서도 다시 한 번 확인된다. 이와 관련하여 죽음을 대하는 서구 사회의 태도에 대한 필리프 아리에스의 설명은 주목할 만하다. 그에 따르면 19세기 실증주의 시대 이전까지 서구 사회가 죽음을 대하는 기본적인 태도는 "일상성" 혹은 "단순성", 그리고 "공개성"으로 특징지어진다. 우선 일상성 또는 단순성이란 죽음을 일상에서 어렵지 않게 접할 수 있는 친숙한 대상으로 대하는 태도를 지칭하는 것으로 "친밀성"으로 통칭되기도 한다. 아리에스는 중세를 비롯한 19세기 이전까지의 문헌들에 기록되어 있는 옛 사람들의 죽음에 대한 기본적인 태도를 분석한 결과를 토대로 죽음을 대하는 전통적인 태도의 특징 중 하나로 이를 제시하고 있다.[5] 다음으로 공개성이란 홀로 죽기보다는 군중의 한가운데에서 모두에게 작별을 고한 후 저승으로 떠나는 것을 정상적인 죽음의 방식으로 간주하는 관점을 지칭한다. 아리에스에 따르면 친밀성과 공개성으로 요약될 수 있는 죽음을 대하는 전통적인 태도는 19세기를 기점으로 급격한 변화를 맞이한다. 아리에스는 죽음에 대한 태도의 현대화라 칭할 수 있는 이러한 변화를 다음과 같이 설명한다.

반대로 죽음을 두려워한다는 것은 항상 대비하고 계획해야 된다는 생각이며, 세계를 합리적이고 의지적으로 파악해야

---

5 필리프 아리에스, 『죽음 앞의 인간(*L'Homme devant la Mort*)』, 고선일 역, 새물결, 2004, p. 50 참조.

한다는 사고를 가리킨다. 이것이 바로 현대성이다. (…) "위험을 각오하고 죽음을 사유하느니 차라리 생각지 않는 편이 죽음을 견뎌 내기 쉽다"라고 파스칼은 말했다. 그런데 죽음을 생각하지 않는 방법에는 두 가지가 있다. 하나는 오늘날 기술 문명이 채택하고 있는 방법, 곧 죽음 자체를 거부하고 금기시 하는 것이고, 다른 하나는 지금까지 보아 온 대로 전통적인 사회에서 취했던 태도이다. 그것은 죽음에 대한 거부가 아니었다. 죽음이 이미 우리 가까이에 있고 일상생활의 일부로 자리하고 있기 때문에 그것을 의도적으로 몰입해서 사유하기가 불가능했을 뿐이었다.[6]

아리에스는 우선 파스칼의 격언을 인용하면서 죽음을 생각하지 않으려는 경향이 예나 지금이나 마찬가지로 있어 왔다고 지적한다. 하지만 죽음 자체를 거부하고자 하는 태도를 전제로 하고 있다는 점에서 오늘날의 경향은 예전의 그것과 다르다. 아리에스에 따르면 기술 문명의 발달과 더불어 언제나 세계를 합리적으로 파악하는 것이 가능하다고 보는 인간의 오만한 관점이 극에 달한 실증주의 시대의 도래와 더불어, 완벽한 계획 속에서 철저하게 대비하는 것이 불가능한 죽음은 인간이 발전시켜 온 과학적 지식이 결코 완전한 것이 아님을 가장 잘 보여 주는 위험 요소로 간주되기 시작한다. 그에 따라 이 시대

---

6 *Ibid.*, pp. 69~70.

를 기점으로 하여 인간은 죽음을 생각하지 않는 것을 넘어서 완전히 부정하기에 이르렀다는 것이다.

이러한 맥락에서 보자면 어머니가 죽음에 이르는 과정에 대한 적나라한 묘사를 담고 있는 『아주 편안한 죽음』은 그 자체로 죽음을 대하는 현대적 태도에 대한 도전의 의지를 형상화한다고 볼 수 있다. 죽음의 그림자가 짙게 드리운 상태에 놓인 늙은 여인의 육체에 대한 생생한 묘사, 그중에서도 특히 늙은 어머니의 성기에 대한 적나라한 묘사는 죽음과 더불어 또 다른 금기의 대상으로 간주되어 왔던 노년의 민낯을 상당히 강렬한 방식으로 드러내는 효과를 자아낸다. 또한 텍스트 곳곳에서 등장하는, 죽음에 이르기까지 어머니가 겪어야 했던 육체적 고통에 대한 상세한 서술은 죽음을 노화에 따른 자연스러운 결과로 치부한 채 그에 대해 깊이 사유하길 거부해 온 현대 사회의 안일한 태도에 대한 작가의 비판 의지를 간접적으로 형상화한다. 보부아르는 물질적 풍요를 앞세워 일상 곳곳에 깃들어 있는 죽음의 존재를 숨기고 외면하기에 급급한 현대 사회의 "거만함"을 직접적으로 비판하기도 한다.(111쪽)

(3) 자기 기원과의 화해

보부아르에게 있어서 어머니에 대한 애도가 어머니로 대변되는 자신의 기원에 대한 부정적인 인식을 치유할 수 있는 계기로 작용하고 있다는 점은, 애도 행위가 지닌 윤리적 잠재력을 확인해 주는 또 다른 지점이자 가장 중요한 지점에 해당한다. 청소년기를 전후로 하여 보부아르는 자신이 원치 않는 바를 강요하는 억압적인 존재로 어머니를 인식하기 시작한다. 당시의 보부아르는 어머니를 특히 기독교적 가치인 동시에 부르주아적인 가치, 나아가 가부장적 질서의 대변자로 간주했으며, 그 결과 어머니가 병에 걸려 입원하기 전까지 그녀와 계속해서 갈등 관계를 유지한다. 하지만 어머니의 입원으로 인해 어쩔 수 없이 그녀 곁을 지키게 된 것이 최초의 계기가 되어, 보부아르는 어머니에 대해 느끼던 심리적 거리감을 서서히 좁혀 나가기 시작한다. 특히 어머니의 병든 육체와 대면하게 된 경험이야말로 가장 결정적인 계기라 할 수 있다. "마구 만지고 마음대로 다루는 전문가들의 손길에 내맡겨진, 의지할 데라곤 하나 없는 가련한 몸뚱이"와(26쪽) 처음으로 대면하게 된 경험이, 보부아르의 머릿속에 오랫동안 자리 잡고 있던 어머니에 대한 추상적인 고정관념을 몰아내고, 그녀를 새로운 관점에서 바라보게 하는 계기로 작용했기 때문이다. 이는 보부아르에게서 어머니를 부정적으로만 바라보았던 자신에 대한 반성적 성찰을 이끌어 내기도 한다. 나아가 "얼마 안 가서 곧 엄마가 죽는 걸 보게 되리라"는 (26쪽) 사실을 실감케 함으로써, 죽음을 목전에 둔 어머니의 고통에 공감하고 어머니가 홀로 외로이 벌이고 있는 죽음에 맞선 투쟁에 동참하기로 마음먹게 만든다.

이와 관련해서 보부아르가 어머니의 성기를 보게 되는 순간은『아주 편안한 죽음』에서 가장 중요한 장면에 해당한다.

물리 치료사가 침대로 다가와 이불을 걷어 올리고는 엄마의 왼쪽 다리를 붙잡았다. 그러자 잠옷이 벌어지면서 얼떨결에 쭈글쭈글하고 잔주름이 진 복부와 한 오라기의 털도 없는 음부가 드러났다.

"이제 내가 부끄러워할 건 아무것도 없잖니."

엄마는 당황한 듯 말했다.

"그렇죠"라고 난 말했다. 하지만 나는 고개를 돌려 정원 쪽으로 시선을 고정했다. 엄마의 성기를 보았다는 것. 그 사실이 내게는 충격적이었다. 나에게 몸은 덜 중요한 것도 더 중요한 것도 아니었다. 어린 시절에는 몸에 애착을 느꼈다. 하지만 사춘기에 접어들면서 몸은 내게서 마음을 불안하게 만드는 혐오감을 자아내기 시작했다. 흔히 있는 일이었다. 그러면서 나는 몸이 혐오스러움과 신성함이라는 이중의 특징을 지니고 있다는 점, 즉 금기에 해당한다는 점을 당연시하게 되었다. 그랬다 하더라도 나는 나 자신이 너무나도 불쾌해하고 있다는 사실에 놀랐다. 엄마가 자신의 몸을 드러내 보이는 걸 태평스럽게 승낙했다는 사실이 나를 더욱 더 불쾌하게 했다. 엄마가 평생 동안 자신을 짓눌러 왔던 금지 사항이나 지시 사항을 벗어던졌다는 점에 있어서는 엄마를 높이 평가했다.(25~26쪽)

줄리아 크리스테바의 개념에 입각해 이 장면을 설명해 보자면, 어머니의 성기와의 대면은 자아의 경계를 끊임없이 침범하여 주체의 동일성을 붕괴시키는 "아브젝트(abject)", 곧 "비체(卑體)"와의 대면에 해당한다. 크리스테바에 따르면 주체는 거울 단계 이전에서부터 자신과 타인을 구분 짓는 경계를 구축함으로써 자기 고유의 주체성을 확립해 나가는데, 이 과정에서 주체는 자기 자신에게 낯선 것을 추방하거나 거부하는 방식을 통해 그 경계를 만들어 나간다. 크리스테바는 이 과정을 "아브젝시옹", 즉 "비체화" 과정이라고 규정한다.[7] 비체화 과정에서 주체에 의해 추방되는 것, 그것이 바로 비체다. 그러나 추방당한 비체는 결코 의식에서 전적으로 제거되지 않으며, 주체의 경험 주변을 끊임없이 배회하고 자아의 경계를 침범함으로써 주체를 지속적으로 위협한다. 그리고 자아의 경계를 침범한 비체는 경계 너머에 존재하는 이질적인 무언가와 대면하도록 주체를 이끌어 자아의 동일성을 붕괴시킨다. 이러한 맥락에서 보자면 어머니의 성기와의 대면은 보부아르가 오랫동안 거리를 두고 외면하고자 했던 자신의 주체성이 지닌 한계, 즉 어머니-여성-육체의 부인할 수 없는 실재(實在)를 그녀에게 환기시킨다. 그리고 이를 통해 그녀가 구축해 온 자아의 동일성을 뒤흔든다. 이 경험에서 보부아르가 그녀 자신도 놀랄 만큼 강렬한 "불쾌함"을 맛본 것은 그 때문이다. 따라서

---

7 Julia Kristeva, *Pourvoirs de l'Horreur: Essai sur l'Abjection*, Éditions du Seuil, 1980, pp. 9~10 참조.

어머니의 성기를 목격하는 사건은 그녀가 어머니와 자신을 동일시하는 단계에 이르기 위해 거쳐야 하는 일종의 통과 의례를 상징한다. 즉 어머니는 딸에게 자신의 신체 중 가장 은밀한 부위를 내보임으로써, 그리고 딸은 어머니가 내보이는 그 은밀한 부위를 바라봄으로써, 모녀는 폐쇄적인 동일성에서 벗어나 서로를 재발견하고 상대방과 자신을 연결시키기 위한 첫걸음을 내딛고 있는 셈이다.

실제로 이 사건을 기점으로 보부아르는 어머니의 죽음을 구체적인 현실로 받아들이게 된다. 그뿐만 아니라 어머니를 자기 기원에 해당하는 존재로 받아들이고, 어머니와의 연대를 통해 육체적 고통을 함께 나누고자 하는 의지를 본격적으로 드러내기 시작한다. 이러한 보부아르의 의지는 의사들의 거만한 태도와 대조를 이루면서 더욱 명확하게 형상화된다. "한껏 멋을 낸 옷차림에 로션으로 번들거리는 말끔한 얼굴을 하고는, 머리도 제대로 빗지 못한 채 약간은 넋이 나가 있는 이 늙은 여인을 매우 거만해 보이는 태도로 내려다보면서"(28쪽) 쓸데없는 권위의식만을 내세우는 오만한 의사들에게 환자는 치료해야 할 객체에 불과하다. 따라서 그들은 치료 과정과 그 이후에 환자가 받게 될 고통을 전혀 고려하지 않는다. 그들은 단지 자신들이 지닌 뛰어난 의술을 자랑스러워하면서 환자의 삶을 연장하는 데 기계적으로 몰두할 뿐이다. 반면 보부아르에게 중요한 것은 치료 그 자체가 아니라 어머니의 고통을 함께 나누는 것이다. 그에 따라 그녀는 "병상에 누워 꼼짝 못 하게 된 상황에서도 무력함과 죽음을 물리치려 분투하고 있는 이 환자"와 연대하는 (28쪽) '동지'이자, 삶에 대한 모든 의지를 꺾어 버리고 절대적인 고독 속에 인간을 몰아넣는 죽음의 어두운 힘으로부터 어머니를 지켜 내고자 하는 '보호자'의 역할에 몰두한다. 이와 관련하여 어느 날 밤, 병원에서 돌아와 사르트르와 대화를 나누던 중 보부아르가 취한 행동을 묘사하는 다음 장면은 상당히 의미심장하다.

정신이 혼미했다. 아버지가 돌아가셨을 때 난 눈물 한 방울 흘리지 않았다. "엄마가 돌아가신다 해도 마찬가지일 거야"라고 동생에게 말했었다. 이날 밤 이전까지 내가 느꼈던 슬픔은 모두 이해 가능한 범위 내에 있는 것들이었다. 심지어 슬픔에 잠겨 있을 때조차도 정신을 차린 상태를 유지했다. 하지만 이번에 느낀 절망감만큼은 나의 통제를 벗어난 것이었다. 내가 아닌 다른 누군가가 내 안에서 울고 있는 듯했다. 나는 사르트르에게 엄마의 입에 대해, 아침에 본 모습 그대로 이야기했다. 그 입에서 내가 읽어 낸 그 모든 것에 대해 들려주었다. 받아들여지지 못한 탐욕, 비굴함에 가까운 고분고분함, 희망, 비참함, 죽음과 대면해서뿐만 아니라 살아오는 동안 내내 느껴 왔을, 하지만 털어놓지 못했던 고독함에 대해서. 사르트르에 따르면 내가 더 이상 입을 내 뜻대로 움직이지 못했다고 한다. 내 얼굴에 엄마의 입을 포개어 놓고 나도 모르게 그 입 모양을 따라 했던 모양이다. 내 입은 엄마라고 하는 사람 전부

를, 엄마의 삶 전체를 구현하고 있었다. 엄마에 대한 연민의
감정으로 나는 마음이 찢어지는 것 같았다.(41~42쪽)

이 장면에서 보부아르는 죽음과의 대결 과정 속에서 어머니
가 겪고 있을 무기력함과 삶에 대한 희망, 고독감 등과 같은 감
정을 어머니를 대신해 독자에게 전하고 있다. 이때 "어머니의
입"을 자신의 얼굴 위에 "포개어 놓고" 본인도 모르게 그 입 모
양을 흉내 내면서 말하는 보부아르의 모습은 마치 "엄마라는 사
람 전부"가, "엄마의 삶 전체"가 온전히 표현될 수 있도록 그녀
가 자신의 건강한 육체를 빌려주는 듯한 인상을 불러일으킨다.
나아가 죽음이 야기한 비극적인 순간에 이루어진 주체들 간의
아름다운 연대의 모습을 생생하게 재현해 냄으로써 읽는 이에
게 잔잔한 감동을 불러일으키기도 한다.

이러한 연대의 결과 보부아르가 "나의 진짜 생활은 엄마 곁
에서 이루어지고 있었고 엄마를 지키는 것, 그것만이 내 유일한
목표였다"라고 생각할 만큼(103쪽), 나아가 "나는 죽음을 거부
하고 죽음에 맞서 싸우던 엄마와 세포 구석구석까지 연결되어
있었다"라고 단언할 만큼(151쪽) 모녀의 결속력은 강화된다.
그 결과 모녀가 서로에게 품고 있던 오래된 원망의 감정이 마침
내 해소되고, 두 사람 사이에는 오랫동안 잊고 살았던 서로에
대한 애정이 되살아나기에 이른다. 이와 관련하여 보부아르가
어머니의 병실에서 처음으로 어머니와 단둘이 밤을 보내게 된
순간을 그린 장면은 주목할 만하다.

나는 동생의 잠옷으로 갈아입고 병상 옆에 놓인 간이침대에 몸을 뉘었다. 나 역시 두려웠다. 엄마의 부탁으로 블라인드를 내리고 머리맡에 있던 전등 하나만을 켜자 저녁 무렵의 병실에는 우울한 분위기가 감돌았다. 내가 보기에는 어두움으로 인해 병실에 맴돌던 죽음의 기운이 깃든 불가사의한 분위기가 한층 더 짙어진 듯했다. 그런데 정작 그날 밤부터 사흘간, 집에서 잘 때보다 더 푹 잘 수 있었다. 언제 전화기가 울릴지 모른다는 불안함과 상상 속에서 내가 만들어 낸 혼란스러운 이미지들로부터 벗어날 수 있었기 때문이었다. 엄마 곁에 있었으므로 다른 생각을 할 필요가 없었던 것이다.

엄마는 악몽을 꾸지 않았다.(99쪽)

이 장면에서 보부아르는 그들 모녀가 오랜만에 서로에 대한 애정과 유대감을 되찾게 되는 순간을 담담한 어조로 그려 낸다. 하지만 담담한 어조에도 불구하고, 짙게 드리운 죽음의 기운으로 인해 우울한 분위기가 감도는 병실 한가운데에서, 서로에 대한 애정의 힘으로 죽음에 대한 "불안감"과 "악몽"을 이겨 내는 두 모녀의 모습은 읽는 이에게 상당히 진한 울림을 안겨 준다.

그런데 더욱 주목할 만한 점은 이 과정에서 보부아르가 어머니와의 화해를 넘어서, 어머니가 대변하는 여성이라는 존재에 대한 기존의 인식을 쇄신하기에 이른다는 점이다. 보부아르에게 있어서 어머니는 무엇보다도 가부장제에 입각한 부르주아

세계가 규정해 온 여성성, 즉 열등하고 무능력하고 수동적이고 순종적인 여성성을 대변하는 부정적인 존재로 인식되어 왔다. 특히 아버지가 겸비했던 교양과 지식에 대한 동경에 입각해 작가로서의 소명의식을 키워 나가기 시작한 어린 시몬이 아버지로 대변되는 남성적 세계와 작가라는 창조적 세계를 동일시하게 되면서, 아버지의 권위에 순종적이었던 어머니가 대변하는 여성적 세계를 창조성이 결여된 세계이자 수동성으로 점철된 세계, 그렇기에 반드시 벗어나야 하는 부정적인 세계로 보는 그녀의 관점 역시 시간이 지날수록 더더욱 강화되고 만다. 그 결과 보부아르는 성인이 된 이후로도 한참 동안 어머니는 물론이거니와 자기 기원의 일부를 이루는 여성적 세계에 대해 계속해서 거부감을 보인다.

따라서 어머니의 죽음을 계기로 이루어진 보부아르와 어머니 간에 이루어진 화해는 모녀 사이의 유대 관계의 회복을 넘어서, 보부아르가 어머니로 대변되는 여성적 세계와 화해를 이루어 냈음을 의미한다고도 볼 수 있다. 죽어 가는 어머니를 대신해 그녀의 지난 모든 삶을 돌이켜보는 보부아르의 시선 속에서 우리는 이러한 사실을 확인할 수 있다. 어머니의 과거를 되돌아보는 작가의 시선 속에서 예전에 그녀가 어머니를 향해 표출해 왔던 거부감이나 적개심은 더 이상 찾아볼 수 없다. 대신 보부아르는 딸의 입장에서, 그리고 무엇보다도 같은 여성의 입장에서 가부장적 사회 속에서 어머니가 타자로서 평생 동안 감내해야 했던 억압의 경험들을 이해하고자 한다. 그 결과 어머니를 "뒤

틀리고 훼손된 끝에 자기 자신에게조차 낯선 존재가 되어 버린" 상태로 살도록 만들었던 그녀의 억압적이었던 유년 시절과 결혼 생활이 수면 위로 떠오른다. 나아가 보부아르는 가부장적 논리에 의해 여자라는 이유만으로 자신의 욕망을 억누르며 살아야 하는 상황 속에서 어머니가 겪어야만 했던 내적 갈등 역시 섬세하게 그려 낸다. 이는 어머니의 타자로서의 삶이 어머니 본인의 의지에 반한 억압의 결과에 해당하는 것임을 보여 주기 위한 작가의 의도를 반영한다. 다음 구절은 어머니가 겪었던 내적 갈등을, 가부장제가 요구하는 여성으로서의 역할과 개인으로서의 초월적 욕망 간의 충돌이 빚어낸 결과물에 해당하는 것으로 그리고자 한 작가의 의도를 잘 보여 준다.

남편을 위해, 그리고 우리를 위해서 스스로를 돌아보지 않음으로써 엄마는 자기 자신을 잊고 살 수 있었다. 그러나 "나 자신을 희생한다"라는 말을 할 때 쓸쓸함을 느끼지 않을 사람은 없으리라. 엄마의 모순적인 측면 중 하나는 헌신의 위대함을 믿으면서도, 좋아하는 것과 싫어하는 것에 대한 자신만의 견해와 억제할 수 없는 욕망 역시 지니고 있어서 부당한 대우를 받는 걸 견디지 못하는 사람이었다는 점이다.(47~48쪽)

같은 맥락에서 보부아르가 어머니의 성격이 지닌 부정적 측면, 주체성 포기를 강요받는 상황에서 한 인간이 겪기 마련인

내적 갈등의 표현으로 그리고 있다는 점 역시 흥미롭다. 우선 보부아르는 "육체적 쾌락을 누릴 수도, 허영심을 만족시킬 수도 없는 상황 속에서 지루함과 수치심을 안겨 주는 힘든 일에 얽매여 살아가던 이 자존심 강하고 고집 센 여인은 체념하는 데 있어서는 소질"이 없는 사람으로 어머니를 재규정한다.(50쪽) 그리고 이어서 자기중심적이면서 공격적이기까지 했던 어머니의 성격을, 주체적 욕망과 그것을 무력화하려는 외적 환경 간의 충돌이 빚어낸 내적 갈등의 표현에 해당하는 것으로 규정한다. 일례로 다음의 구절에서 우리는 이를 확인할 수 있다.

내게는 권리가 있다.

우리를 짜증나게 했던 이 말은 사실 엄마에게 자신감이 결여되어 있었다는 걸 증명해 보이는 말이기도 했다. 다시 말해, 엄마의 욕망이 그 자체로는 인정받지 못해 왔다는 걸 보여 주는 말인 셈이었다.(53쪽)

이 같은 서술들에서 우리는 보부아르가 어머니의 과거를 복원하는 과정을 비단 어머니라는 한 개인의 삶만이 아니라, 가부장제 속에서 타자로 살도록 강요받아 온 여성 전체의 삶이 지닌 피해자의 삶으로서의 측면을 구체적으로 드러내는 계기로 삼고자 한다는 것을 발견하게 된다. 그리고 이러한 과정을 거쳐 마침내 보부아르는 자기 정체성을 이루는 한 부분으로 이 세계를 받아들이기에 이른다. 열여덟 살 무렵의 자신과 40대에 접어든 엄마의 모습이 담긴 사진을 들여다보는 노년의 보부아르의 시선에서 우리는 이 점을 확인할 수 있다.

> 엄마와 나의 모습이 담긴, 비슷한 무렵에 찍은 두 장의 사진을 들여다본다. 나는 열여덟 살이고 엄마는 40대에 접어들던 때의 모습이다.
> 지금의 나는 사진 속 엄마의 어머니, 즉 슬픈 눈을 하고 있는 이 소녀의 할머니뻘이 됨직하다. 너무나 어려 아무것도 모르고 있는 나와, 이제는 미래가 가로막혀 버린, 그리고 아무것도 모른 채 살았던 엄마. 사진 속 이 두 여자에게 나는 연민을 느낀다. 하지만 그들에게 조언을 해 줄 길이 없다. 딸을 불행하게 하고 그 대가로 자기 자신조차 고통스럽게 만든, 그 자신이 어린 시절 겪었던 불행을 엄마가 잊을 수 있게 할 방도를 나는 알지 못했다.(148~149쪽)

어린 자기 자신과 중년의 어머니, 그리고 이들을 바라보는 현재의 자기 자신을 향한 보부아르의 연민 어린 시선은 그녀가 자신과 어머니를 가부장제 속 타자라는 공동의 정체성 속에서 하나로 묶어 내고 있다는 걸 충분히 짐작케 한다. 이러한 맥락에서 보자면 보부아르가 어머니에게 건넨 사과의 말들은, 그녀가 마음 깊은 곳에서는 일종의 혐오에 가깝기까지 한 감정을 가지고 바라봐 온 가부장제 사회 속에서의 타자에 해당하는 모든 여성을 향한 것이라 볼 수 있을 것이다.

4. 마치며

보부아르는 글쓰기를 통해 나와 타인, 남성과 여성, 정신과 육체, 삶과 죽음 등 서구 사회가 오랫동안 대립적인 위계질서 속에 위치시켜 왔던 요소들의 경계를 넘나들면서 이들을 상호적 관계 속에 재정립할 수 있는 가능성을 모색하고자 한다. 『아주 편안한 죽음』은 보부아르의 글쓰기가 지닌 이러한 특징을 구체적으로 보여 주는 작품 중 하나라 할 수 있다. 오랫동안 서로를 부정해 왔던 어머니와 딸이 죽음의 경험을 공유함으로써 서로를 이해하고 받아들이는 과정을 지켜보면서, 독자들은 딸이 대변하는 나-정신-삶의 영역과 어머니가 대변하는 타인-육체-죽음의 영역 사이의 경계가 허물어지고 두 영역이 서로 조화롭게 혼합되는 것을 목격할 것이기 때문이다. 나아가 독자들은 『아주 편안한 죽음』을 죽어 가는 어머니에 대한 전기적 이야기이자, 보부아르 자신의 자전적 이야기로 읽을 수 있는 가능성 역시 얻게 된다.

보부아르는 이 작품을 통해 독자와 작가 사이의 경계를 해체하고 이들 간에 상호적인 소통을 이끌어 낼 수 있는 글쓰기의 한 모범적인 전형을 보여 준다. 이와 관련해서 우리는 특히 작가가 인간으로 하여금 가장 극단적인 고립감을 맛보게 하는 죽음에 대한 경험으로부터 독자와 소통할 수 있는 가능성을 이끌어 내고 있다는 점에 주목해야 한다. 죽음은 그것을 경험하는 자에게 극단적인 공포와 고독감을 안겨 준다. 그러나 그 순간에 누군가 곁을 지키면서 이마에 손을 얹어 주고 고통을 달래 주기 위해 애쓸 때, 죽어 가는 이가 느낄 공포와 고독함, 고통은 조금이나마 완화될 것이다. 보부아르가 "하나의 부당한 폭력"에 해당하는 것으로 인간의 죽음을 규정했음에도 불구하고(153쪽), 어머니가 맞이한 죽음을 비교적 "운이 좋은 자"가 맞이한 "아주 편안한 죽음"이라고 본 것은(138쪽) 이 때문일 것이다. 그리고 바로 이 지점에서 우리는 보부아르가 『아주 편안한 죽음』을 집필하기로 마음먹은 중요한 이유 한 가지를 발견한다. 죽음이라는 자신이 겪은 가장 힘들었던 경험을 독자들과 공유함으로써 죽음에 직면한 이들이 처한 고통스러운 상황에 대한 공감대를 넓혀 나가고, 이를 통해 인간이 각기 짊어져야 할 죽음의 고통과 슬픔의 무게를 줄여 나갈 수 있는 방법을 함께 찾아보길 제안하는 것. 이것이 바로 보부아르가 이 작품을 쓴 궁극적인 이유 중 하나일 것이다. 『아주 편안한 죽음』을 독자와 상호 소통하고자 하는 작가의 의지를 반영한 결과물로 볼 수 있는 것은 바로 이 때문이다.

판본 소개

본 번역서는 1964년 Éditions Gallimard에서 발행한 판본을
사용했다.

시몬 드 보부아르 연보

1908 1월 9일 파리에서 조르주 베르트랑 드 보부아르와 프랑수아즈 드 보부아르의 장녀로 태어남.

1910 여동생 엘렌 드 보부아르, 일명 푸페트 탄생.

1913 데지르 학원 입학.

1926 소르본대학 철학과 입학.

1929 철학 교수 자격시험에서 장폴 사르트르에 이어서 2등으로 최연소 합격, 10대 시절 가장 절친한 친구였던 자자의 죽음, 사르트르와의 계약 연애 시작.

1931 마르세유에 있는 몽그랑 고등학교에서 교직 생활 시작.

1932 루앙에 있는 잔다르크 고등학교에 부임, 당시 동료 교사였던 콜레트 오드리의 소개로 그녀의 학생이었던 올가 코사키에비치와 첫 만남, 사르트르의 소개로 그의 제자인 보스트와의 첫 만남.

1936 파리에 있는 몰리에르 고등학교에 부임.

1937 갈리마르 출판사로부터 자자의 죽음을 소재로 한 소설 『정신적인 것의 우위(*Primauté du Spirituel*)』 출간 거절당함.

1942 아버지의 죽음, 학부모의 허위 고발로 교단에서 퇴출, 1945년에

복직되었으나 교직을 완전히 떠남.

1943 소설 『초대받은 여자(*L'Invitée*)』 출간.

1944 철학 에세이 『피뤼스와 시네아스』 출간.

1945 희곡 『군식구(*Les Bouches Inutiles*)』와 소설 『타인의 피(*Le Sang des Autres*)』 출간, 사르트르와 함께 정치철학 잡지인 『현대(*Les Temps Modernes*)』지 창간.

1946 소설 『모든 인간은 죽는다(*Tous les Hommes sont Mortels*)』 출간.

1947 철학 에세이 『애매성의 윤리를 위하여』 출간, 강연 차 미국을 방문한 계기로 미국 작가 넬슨 올그런과 만나고 연인으로 발전.

1948 여행 일기 『미국에서의 나날들(*L'Amérique au Jour le Jour*)』 출간.

1949 철학 에세이 『제2의 성』 출간.

1952 『현대』지를 통해 「사드를 화형에 처해야 하는가?(Faut-il Brûler Sade?)」 발표.

1954 소설 『레 망다랭(*Les Mandarins*)』 출간 및 이 작품으로 공쿠르상 수상.

1955 「사드를 화형에 처해야 하는가?」를 포함한 몇 개의 정치철학 관련한 글을 한데 엮어 철학 에세이 『특권(*Privilèges*)』 출간.

1957 중국 방문기 『대장정(*La Longue Marche*)』 출간.

1958 첫 번째 자서전 『얌전한 처녀의 회상(*Mémoires d'une Jeune Fille Rangée*)』 출간.

1960 자서전 『한창나이(*La Force de l'Âge*)』 출간, 알제리의 독립을 지지하는 차원에서 「121명의 선언문(Manifeste des 121)」에 서명.

1962 지젤 알리미와의 협업을 통해, 알제리 해방 운동가 자밀라 부파차가 알제리 전쟁 중 당한 강간과 고문 사건에 대한 재판 과

정의 불합리함을 고발한 『자밀라 부파차(*Djamila Boupacha*)』 출간.

1963 자서전 『상황의 힘(*La Force des Choses*)』 출간, 어머니의 죽음.

1964 어머니가 죽음에 이르는 과정을 기록한 『아주 편안한 죽음』 출간.

1966 소설 『아름다운 영상(*Les Belles Images*)』 출간.

1967 소설집 『위기의 여자(*La Femme Rompue*)』 출간.

1970 철학 에세이 『노년』 출간.

1971 낙태 합법화를 요구하며 낙태 경험이 있는 다른 여성들과 함께 「343명의 잡년들의 선언(Manifeste des 343 Salopes)」에 서명.

1972 자서전 『요컨대(*Tout Compte Fait*)』 출간, 1970년대 프랑스를 강타한 '여성 해방 운동'의 한 계열인 '여성의 권리를 위한 리그'의 회장 역임, 『특권』이 『사드를 화형에 처해야 하는가?』라는 제목으로 새롭게 출간.

1979 『정신적인 것의 우위』를 『정신적인 것이 우월할 때(*Quand Prime le Spirituel*)』라는 제목으로 출간, 클로드 프랑시스와 페르낭드 공티에가 보부아르의 잡지 기고문과 강연문 등을 한데 엮어 『시몬 드 보부아르의 글: 삶과 글쓰기(*Les Écrits de Simone de Beauvoir. La Vie – L'Écriture*)』 출간.

1980 사르트르의 죽음.

1981 사르트르의 말년을 기록한 『작별 의식(*La Cérémonie des Adieux*)』 출간, 실비 르 봉을 양녀로 입적하고 사후 자신의 작품에 대한 모든 권리를 양도.

1986 4월 14일 사망, 몽파르나스 묘지의 사르트르 옆에 묻힘.

1990 『사르트르에게 보낸 편지(*Lettres à Sartre*)』와 『전쟁 일기(*Journal de Guerre*)』 출간.

1997 『넬슨 올그런에게 보낸 편지(*Lettres à Nelson Algren*)』 출간.

2004 『시몬 드 보부아르와 자크로랑 보스트 간에 오고간 편지

(*Correspondance Croisée*)』출간.

2008 『젊은 날의 일기(*Cahiers de Jeunesse*)』출간.

2013 소설『모스크바에서의 오해(*Malentendu à Moscou*)』출간.

2020 자자와의 우정을 소재로 한 자전적 소설『단짝(*Les Inséparables*)』
출간.

새롭게 을유세계문학전집을 펴내며

을유문화사는 이미 지난 1959년부터 국내 최초로 세계문학전집을 출간한 바 있습니다. 이번에 을유세계문학전집을 완전히 새롭게 마련하게 된 것은 우리가 직면한 문화적 상황에 적극적으로 대응하기 위해서입니다. 새로운 을유세계문학전집은 세계문학의 역할이 그 어느 때보다 중요해졌다는 인식에서 출발했습니다. 오늘날 세계에서 타자에 대한 이해는 우리의 안전과 행복에 직결되고 있습니다. 세계문학은 지구상의 다양한 문화들이 평등하게 소통하고, 이질적인 구성원들이 평화롭게 공존할 수 있는 문화적인 힘을 길러 줍니다.

을유세계문학전집은 세계문학을 통해 우리가 이런 힘을 길러 나가야 한다는 믿음으로 만들어졌습니다. 지난 5년간 이를 준비하기 위해 많은 노력을 기울였습니다. 세계 각국의 다양한 삶의 방식과 문화적 성취가 살아 있는 작품들, 새로운 번역이 필요한 고전들과 새롭게 소개해야 할 우리 시대의 작품들을 선정했습니다. 우리나라 최고의 역자들이 이들 작품 속 한 문장 한 문장의 숨결을 생생히 전하기 위해 심혈을 기울였습니다. 또한 역자들은 단순히 번역만 한 것이 아니라 다른 작품의 번역을 꼼꼼히 검토해 주었습니다. 을유세계문학전집은 번역된 작품 하나하나가 정본(定本)으로 인정받고 대우받을 수 있도록 최선을 다했습니다. 세계문학이 여러 경계를 넘어 우리 사회 안에서 주어진 소임을 하게 되기를 바라며 을유세계문학전집을 내놓습니다.

을유세계문학전집 편집위원단(가나다 순)
김월회(서울대 중문과 교수)
김헌(서울대 인문학연구원 교수)
박종소(서울대 노문과 교수)
손영주(서울대 영문과 교수)
신정환(한국외대 스페인어통번역학과 교수)
정지용(성균관대 프랑스어문학과 교수)
최윤영(서울대 독문과 교수)

을유세계문학전집

울유세계문학전집은 계속 출간됩니다.

을유세계문학전집 연표